少年陰陽師

しょうねん おんみょうじ

少年陰陽師 叄拾伍

心願之證

願いの証に思い成せ

結城光流—著　涂愫芸—譯

重要人物介紹

藤原彰子
左大臣藤原道長家的大千金，擁有強大靈力。基於某些因素，半永久性地寄住在安倍家。

小怪
昌浩的最好搭檔，長相可愛，嘴巴卻很毒，態度也很高傲，面臨危機時便會展露出神將本色。

安倍昌浩
十四歲的菜鳥陰陽師，父親是安倍吉昌，母親是露樹，最討厭的話是「那個晴明的孫子」。

六合
十二神將之一的木將，個性沉默寡言。

紅蓮
十二神將的火將騰蛇，化身成小怪跟著昌浩。

爺爺(安倍晴明)
大陰陽師。會用離魂術回到二十多歲的模樣。

朱雀

十二神將之一的火將，使的是柔和的火焰。與天一是戀人。

天一

十二神將之一的土將，是絕世美女，朱雀暱稱她「天貴」。

勾陣

十二神將之一的土將，通天力量僅次於紅蓮，也是個兇將。

太陰

十二神將之一的風將，擅使龍捲風，個性和嘴巴都很好強。

玄武

十二神將之一的水將，個性沉著、冷靜，聲音高亢，外型像小孩子。

青龍

十二神將之一的木將，從很久以前就敵視紅蓮。他有另一個名字「宵藍」。

小野螢

播磨神祓眾的陰陽師。晴明之父益材為昌浩決定的未婚妻。

章子

彰子同父異母的姊妹，她做為彰子的替身，成為了中宮。

風音

道反大神的愛女。以前她曾想殺了晴明，現在則竭盡全力幫助昌浩。

脩子

皇后定子之女，為內親王，因受天皇的敕命而留在伊勢。

安倍昌親

昌浩的二哥，陰陽寮最活躍的年輕術士，專攻天文道。

安倍成親

昌浩的大哥，陰陽寮的曆博士，有位人稱「竹取公主」的美麗妻子。

她知道她一定會後悔一輩子。
後悔當時不該放開那雙手。

1

◊ ◊ ◊

男子俯視著脩子說：

「……感情用事，也可能誤入歧途。」

「……？」

莫名的恐懼，讓脩子不由得往後退。但又覺得不能離開那裡，便強忍著留在原地。

將正面轉向她的修長男子，用特別撼動人心的語氣接著說：

「太過偏執的想法，會形成一股力量。誤入歧途，心就會被那股力量摧毀。」

男人突然瞇起眼睛，又如宣告般指著脩子說：

「接下來不管發生什麼事，妳都不可以閉上眼睛、不可以摀住耳朵。」

脩子目瞪口呆，倒抽了一口氣。她不懂對方在說什麼。

「妳有雙看透真相的眼睛、分辨真假的耳朵，是好幾條搓起來的線，把妳的心綁在這個世上。」

那些話深深烙印在把眼睛睜得斗大的脩子的耳朵和心上。

「現在暫時忘記吧。不需要時，記著也沒用。」

男人留下這句話，很乾脆地轉身離去。

◇　◇　◇

黎明。

心神不寧的安倍晴明，披上外褂，走到外廊。

伊勢差不多也快下雪了。位於中院的伊勢齋宮寮，已經有濃厚的冬天色彩，卻還沒有下雪的跡象。遠遠望去，四方群山的山頭早已白雪靄靄。

還沒全亮的萬里晴空，逐漸散發出破曉的氛圍，吐出來就變成白色煙霧的氣息，宛如在對眼睛控訴著冬天的寒冷。

究竟是什麼攪亂了我的心呢？老人想確認原因，抬頭仰望星星，眼角餘光掃到兩道雲，他不由得倒抽了一口氣。

待宵月①沉入了西邊山頭。明天將是今年的最後一個滿月。

老人張大眼睛，把力量注入僵硬的肌肉，轉動脖子。

兩道卷雲夾著逐漸西沉的待宵月，越過西方天空。

「……步障……雲！」

晴明的背脊一陣冰冷，全身顫抖，起雞皮疙瘩。

背後有神將的氣息降落，是十二神將青龍。

「晴明，你在做什麼？」

從語氣聽得出來，他是在責怪晴明，怎麼可以只在睡衣上披件外褂就走出屋外。

但是看到晴明面無表情，他立刻察覺事有蹊蹺。

「怎麼了？晴明。」

被青龍緊張地追問，老人緩緩回頭對著神將說：

「步障雲……夾著月亮……」

果然如晴明所說。

青龍剛抬起頭看，夾著月亮的兩道雲就被風吹散了。

晴明又露出犀利的眼神，繼續觀察環繞北極星的幾顆星星。

北極星是代表天帝的不動之星。環繞周圍的星星，是代表皇后、孩子們等與皇帝血脈相連的人。

在滿天閃耀的星星中，有兩道雲淡淡夾住了光線微弱的一顆星。那兩道雲似乎發現

被晴明察覺，很快消失了蹤影。

老人吞了一口唾沫。青龍看出他全身僵硬。

「晴明。」

老人緊緊握起了雙拳。

「……步障雲……」

聽見老人說話吞吞吐吐，青龍的胸口也瞬間發冷。

十二神將並不精通陰陽道，只是跟在安倍晴明身旁將近六十年，多少學到了一些知識。

月亮是皇后的象徵，而步障是代表送葬隊伍。

上天顯示的景象，是皇后的送葬隊伍。

青龍也啞然失言，緊盯著老人。

晴明把嘴巴抿成一條線。

這時候，那個男人的可怕言靈，在他耳邊響起。

——千萬不要感情用事，誤入歧途。

「……有時候，感情是雙面刃……」

這句話究竟意味著什麼？他到底想說什麼？

那個男人是替掌管生死的冥府王族工作。他既是境界河川的看守者，也是冥界之門的裁定者。所以關於人的生死，他比陰陽師還清楚。

想起老友在夢殿曖昧不清但認真的訴說，還有冥官的再三警告。

晴明不禁單手摀住了嘴巴。

更嚴重的是，前幾天冥府官吏曾在內親王脩子面前出現過。

晴明的心撲通撲通跳起來。

時間在流逝。命運在巡迴。這是誰也無法阻止的事。

晴明的心又狂跳起來。

這就是讓他從沉睡中醒來的忐忑不安的原因嗎？

內親王脩子來伊勢快四個月了。

離開京城時的披肩長髮，現在都長到背部的一半了。

每天早上用黃楊木梳子，細心替她梳頭髮，是用假名藤花服侍脩子的彰子的工作。

起床後，脩子的表情一直很僵硬。好像害怕著什麼、恐懼著什麼，被逼得走投無路的樣子。

怕頭髮打結，彰子會從髮尾開始慢慢地往上梳。她的手勢嫻熟，每當梳子梳過，黑髮就帶著光澤，輕盈滑潤地披散開來。

平常，脩子會從鏡子開心地看著這樣的景象。今天卻顯得心不在焉，擺在膝上的雙手緊緊交握。

彰子在她耳朵上方，用桃色的裝飾髮繩綁住頭髮後，放下梳子。皇上特地為脩子準備的那把梳子，比彰子手上這把梳子高級多了。

平時，彰子替脩子梳妝完畢後，小妖們就會來找脩子玩。可是，脩子今天散發出來的氛圍讓它們不敢那麼做。

端端正正坐在屏風前的猿鬼，偷偷拉扯彰子的衣服下襬。

「小姐……」

彰子轉向小妖們，輕輕搖了搖頭。獨角鬼和龍鬼都好沮喪。

在脩子身旁收著翅膀的嵬，嚴肅地沉吟了一會說：

『……哦，對了，內親王。』

脩子緊繃著臉，看了烏鴉一眼。烏鴉舉起一隻翅膀說：

『妳不是說作了可怕的夢嗎？陰陽師應該知道一兩個淨化夢的咒語，稍後去問問安倍晴明吧？』

脩子的眼皮抖動了幾下。

「可怕的……夢……」

喃喃低語，眨了幾次眼睛的脩子，忽然搖著頭說：

「我連……是不是可怕的夢……都不知道……」

於是，她發現可怕的不是夢。

她交握雙手，全身僵硬。

她怕的是夜晚的到來。她怕的是明日的到來。不知道為什麼，心臟在胸口狂跳不已。

與母親最後一次見面的景象，忽然浮現腦海。

母親痛苦地喘著氣，只能躺在床上。開始有點突起的肚子，懷著嬰兒，那是脩子的弟弟或妹妹。

——我會向神祈禱，讓媽媽的病好起來。所以，媽媽一定會很快好起來，在那之前，我會不停地祈禱。

那時候，脩子緊緊握住了躺在床上的母親的手。

母親的手好冷。

「………」

脩子看著自己當時握住母親的手的雙手，眨了好幾下眼睛。

無法形容的不安，揪住她的胸口，這是她從來沒有過的感覺。

彰子看著她令人心痛的模樣，輕聲對她說：

「公主……我拿早餐來給妳吧？」

脩子搖搖頭說：

「我不想吃。」

小妖們面面相覷，跑到脩子旁邊。

「不行哦，小公主，要乖乖吃飯哦。」

「就是啊，不然會長不高哦。」

「昌浩也是每餐都會吃呢。」

猿鬼、獨角鬼、龍鬼依序發表意見，希望能激勵脩子。

「可是，那傢伙晚上都沒好好睡覺，一直長不高，很煩惱呢。」

「說得也是，人類不好好吃、好好睡，就長不大。」

「作了可怕的夢，就要好好吃飯，增強體力，下次再夢見，就把夢擊碎！」

龍鬼揮起了一隻手。猿鬼和獨角鬼也應和著說：「對啊、對啊。」

看著它們的烏鴉，也一副深思的模樣，點著頭說：

『沒錯，就是要有那樣的氣魄。』

「對吧、對吧？我們真厲害。」

脩子直盯著自以為是的小妖們，彰子又對她說：

「公主，它們說得沒錯。公主沒有精神的話，我們也會擔心，心情不好。」

脩子轉過身來，表情痛苦扭曲，緊緊握住彰子的手。

「……藤花……」

「怎麼了？」

小女孩說話的聲音不停地顫抖。

「媽媽……會好起來吧……？」

彰子詫異地張大了眼睛。

脩子抬起頭看著彰子，以那句話起頭後，就像決堤般滔滔說了起來。

「媽媽會好起來吧？媽媽的病會治好吧？」

到伊勢後，脩子傾注全力，配合神的要求。她進去過沒有半點亮光的洞窟裡面。她遇過稀奇古怪的可怕事物，經歷過言語無法形容的恐懼。

這所有一切，都是為了治好身懷六甲的母親的病。

「藤花，媽媽……媽媽……一定會好起來吧……？」

硬擠出來的質疑，像是在祈禱。

彰子聽著那些話，心痛不已。

她知道年僅五歲的內親王，是抱著什麼樣的心情來到這裡。她也知道，脩子把不安、寂寞都埋藏在心底，很想馬上趕回京城，回到母親身旁，卻都強忍下來了。

能不能治好呢？彰子從來沒見過脩子的母親定子，也不清楚她的病情，根本無法做判斷。

可是，她很想幫助猛抓著她問的脩子，很想安慰脩子被逼到絕境的心。

這時候，嵬看透彰子的思緒，頓時臉色發白，張開嘴想說什麼。

『等……』

可是嵬還來不及制止，彰子已經很肯定地點了點頭說：

「會的，一定會。」

彰子輕輕包住脩子的手，微笑著說：

「皇后殿下一定會好起來。」

幼小的公主，手冰冷得嚇人。

「公主這麼憂心，神一定會答應公主的祈禱。」

彰子一個字一個字說得很確定，脩子的眼睛眨也不眨，緊緊盯著彰子。

「真的嗎？」

「真的。」

「藤花，真的嗎？媽媽真的會好起來嗎？」

彰子沒有撇開視線，點點頭。

嘴巴張到一半的嵬，像強忍著疼痛般，交互看著脩子與彰子。小妖們都注意到，它的眼神中帶著苦澀。

「烏鴉……？」

嵬默默搖著頭。那種動作讓三隻小妖湧現莫名的不安。

脩子注視著彰子好一會。

「說得也是……」

全身緊繃的脩子，表情終於放鬆了。

她憂鬱的臉擠出笑容，緊握著彰子的手，低下頭說：

「媽媽……一定……會好起來……」

媽媽的病會好起來，然後生下健康的弟弟或妹妹。

等脩子完成任務回到京城，就可以跟父親、母親、敦康、剛出生的嬰兒，像以前那樣一起生活。

脩子抬頭看著彰子，總算露出了自然的笑容。

「謝謝妳，藤花。」

最後那天摸到的母親的手，又冰又冷。想起那雙手，她就非常不安。可是，現在包住自己的手的藤花的手，非常溫暖。

就跟生病前的母親一樣。

回到京城，母親一定會用像這樣恢復溫暖的手，緊緊擁抱自己。只有在這個時刻，她不會把母親的懷抱讓給弟弟或剛出生的嬰兒。

她知道自己是姊姊，所以一直在忍耐。唯獨那個時刻，她想獨占母親。

想到這些，她就迫不及待想回京城了。

「齋王大人也一天比一天健康了……我一定很快就能回京城了。」

沒錯，安倍晴明正在安排，打算等過完年，齋宮慶祝儀式告一段落就回京城。當然，這件事還沒確定，不過齋王恭子公主的身體狀況，終於有了長期以來沒有過的好轉跡象。

雖然還不能勝任迎接新年的齋王任務，但是下床的時間越來越長了。

到伊勢後，脩子完美扮演了齋王的角色。在寒冬中沐浴淨身，連大人都覺得很辛苦，她也沒有半句怨言，慎重地完成了工作。

「我想等齋王大人的玉體康復，就能馬上選個好日子回京城了。」

聽到彰子這樣的回應，脩子露出忽然想起什麼的表情。

「那麼……我想帶伊勢的東西回去送給媽媽，還有敦康和剛出生的嬰兒。」

以前去海邊玩的時候，撿了不少貝殼，可是她想特別為母親準備那之外的其他的禮物。

「帶什麼好呢？藤花，妳覺得要帶什麼？」

看到脩子的眼睛恢復光彩，彰子呼地鬆口氣，歪著頭思考。

「這個嘛……我想只要是公主選的東西，皇后殿下都會很開心。」

脩子孩子氣地嘟起嘴巴說：

「我就是沒辦法決定才問妳啊，算了，我去問雲居。」

脩子站起來，踩著輕盈的步伐走出房間。

彰子瞇起眼睛，看著她離去的背影，喘了一口氣。

太好了，脩子又有精神了。

她實在很不忍心看年幼的脩子絕望的樣子。

可以讓脩子的心情稍微好起來，真的太好了。

正這麼想時，她聽見帶點僵硬的聲音在叫喚她。

『藤花啊……』

她扭頭一看，移到矮桌上的烏鴉，正用可怕的表情盯著她。

覺得被烏鴉瞪的彰子，滿臉困惑。

「嵬……？」

烏鴉知道彰子的身分。可是在這裡，當著內親王的面，它都是叫她的假名藤花。

在這裡大家都叫她藤花，最近她也習慣這個名字了。

彰子偏著頭，露出質疑的眼神，嵬的表情還是很可怕，張開鳥嘴說：

『妳長期待在陰陽師旁邊，生活在陰陽師家，卻這麼輕忽言靈。』

「咦？」

彰子不由得反問，嵬板著臉說：

『不可以太感情用事，要想想自己的話會引來什麼、會招來什麼後果，再把話說出來。』

這句話的語氣很平靜，聽起來卻很嚴肅。

彰子的胸口怦怦震響。

烏鴉深深嘆口氣，張開翅膀說：

『我去內親王那裡，妳收拾好再來。』

嵬啪沙啪沙拍振翅膀飛走的背影消失後，彰子輕輕撫著胸口。

心臟撲通撲通狂跳著。

屏住氣息，聽著烏鴉與彰子對話的小妖們，一個個走過來了。

「小姐，妳還好嗎？」

「妳的臉色不太好呢。」

「我以前聽晴明說過，這種時候最好是做深呼吸。」

彰子點點頭，儘可能慢慢地深呼吸。一次又一次地重複那樣的動作，直到心跳緩和下來。

然後她把梳子放進化妝箱，收起鏡子。

沒有齋王該做的事時，脩子吃完早餐就會練書法。

彰子準備著硯台盒、紙張，忽然想起一件事。

收在對開櫃裡的螺鈿盒，裡面有封脩子寫給定子的信。

那封信要先派人從伊勢送到賀茂，再從那裡送到京城皇宮。

表面上，脩子是在賀茂的齋院齋戒淨身，過著每天祈禱的日子。因為不能受到污染，所以只有一小部分的人可以進入齋院。

大多數的貴族聽到的消息，都是內親王為了替定子祈禱病癒，長期滯留在賀茂的齋院，沒有人對這件事起疑。

「公主會先回去嗎……？」

因為安倍晴明前往伊勢，表面上跟脩子毫無關係，是為了其他理由。

那麼自己會跟脩子一起回京城嗎？還是會稍後再跟晴明一起離開伊勢？

脩子有風音陪伴。回京城時，可能也要先經過賀茂的齋院吧？自己即使跟脩子一起回京城，也只能陪她到齋院為止。

忙著幫彰子整理床鋪、折衣服的猿鬼，忽然回過頭說：

「公主回京城，小姐就沒事做了吧？」

彰子驚愕地屏住呼吸，扭頭看著猿鬼。小妖們都嘻嘻笑了起來。

「這樣就可以回安倍家了。」

「對耶。」

用縫製的抹布乾擦地板的獨角鬼和龍鬼，停下工作靠過來。

「四個月了，等於一整個冬天都不在呢。」

「對了，去年小姐是住在沒有人的廢屋吧？」

想起當時的事，彰子低聲笑起來。

沒錯，因為過年時安倍家很多客人，晴明擔心太多人見到她會出事情，就把她送到沒有人住的房子避難。

在那裡也遇到了一些小狀況。現在回想起來，其實是微不足道的小事，那時候卻覺得是天大的事。

「今年不用那樣躲藏，真是太好了，小姐。」

獨角鬼舉雙手歡呼。龍鬼拍拍手說：

「沒錯，在這裡小姐是藤花，不必躲藏。」

「說得也是，今年可以跟大家一起過年了，很好、很好。」

它們各自嗯嗯點著頭，真的很開心。

「不管任何理由，一個人獨自待在其他地方，還是很寂寞。」

合抱雙臂的猿鬼，擺出正經八百的模樣。

被它們的關心感動得瞇起眼睛的彰子，歪著頭，從衣服上面輕輕摸著戴在左手腕的瑪瑙手環。

「告訴你們一個祕密。」

小妖們同時眨著眼睛。

「嗯？」

「什麼祕密？」

「怎麼了？」

彰子看看四周，把臉湊近小妖們，壓低嗓門說：

「我很期待回到京城，也很想趕快回到安倍家，可是……」

三隻小妖趕緊環視周遭一圈。沒問題，內親王、侍女、烏鴉、還有神將們，都

不在附近。
它們靠近彰子，豎起耳朵聽。彰子用呢喃般的聲音說：
「要離開公主……我有點捨不得呢。」
小妖們都滿臉驚訝，彰子微微一笑說：
「要來這裡前，我正好很悲傷、很難過……不知道該怎麼做才好，就逃來這裡了。」
「小姐……」
彰子抱起不知所措的獨角鬼，把它放在膝上。
「可是，那種心情現在已經消失了……安倍家的吉昌叔叔、露樹阿姨……還有晴明大人、昌浩，都對我那麼好，我卻……」
在安倍家的生活，的確也很幸福。可是，在這裡的生活，跟那裡不一樣，這裡有她身為藤花的容身之處。
「我想回去……卻又捨不得離開這裡，我好貪心。」
所以這是只能在這裡說的祕密。
彰子把食指按在嘴唇上，小妖們也擺出同樣的動作。
這是絕對不告訴任何人的約定。
彰子露出微笑。

待在這裡的時間，最長只剩半個月了。

今晚的滿月，是今年的最後一個。十二月即將過完一半。過完年，晴明就會安排回去的行程。彰子不知道自己會跟脩子還是晴明一起離開伊勢，總之一定會跟其中一方在一起。

對了，稍後要問一下齋宮寮的人，帶什麼禮物回去給定子比較好。

自己能為脩子做的事不多了，能做的事就盡量去做。

還有，在脩子回來前，最好先點燃火盆，讓房間暖和一些。

彰子起身去拿木炭。

小怪的陰陽講座

①待宵月：待宵是指等待「翌日十五之月」的十四日夜晚，所以待宵月是指滿月前一天的月亮。

2

◊ ◊ ◊

神祕眾們居住的地方，在播磨國西域地方。

他們的親族散佈在播磨的各個角落，與他們血脈相連的人都是神祕眾。

統治親族的首領小野老翁，住在播磨西邊的赤穗郡。

據說那裡被稱為菅生鄉。

來迎接昌浩和螢的神祕眾男人，是在赤穗與揖保郡邊界附近遇見他們。

螢說那個男人名叫冰知。

「京城發生的動亂，已經傳到鄉里，剛才追兵去見過赤穗的郡司②了。」

郡司收到命令，發現犯人要立刻逮捕，送到京城。

「首領對所有神祕眾下令，要比士兵更快找到你們，只要能動的人都出動搜尋了。」

冰知指向梅樹連綿的森林。

「菅生鄉有郡司的人，首領要我帶你們去祕密村落。」
「是嗎？知道了。」
這麼回應的螢，轉向昌浩說：
「就是這麼回事，我們去祕密村落吧。」
「祕密村落？」
提出質疑的是坐在勾陣肩上的小怪。
冰知看著小怪，微微皺起了眉頭。
「這個變形怪是……？」
還有個讓白色異形坐在肩上的女人。她的穿著打扮很奇特，以女人來說，算是高大。個子比冰知矮一些些，腰際插著兩把武器。
秀麗的臉龐充滿魅力，但雙眸的犀利眼神似乎會將人射穿。
男人仔細觀察勾陣的樣貌，發現她的耳朵比人類尖，而且是打赤腳，不禁倒抽了一口氣。
「他們……難道是安倍晴明的手下？」
勾陣和小怪沒有回應，瞇起了眼睛。沒有回應就表示肯定。
螢開口說：

「就是十二神將啊，這一路上都是他們在保護我們。」
聽到螢這麼說，冰知才展露笑容。
「啊，果不其然，他們就是大名鼎鼎的……」
然後他又轉向一直保持沉默的昌浩說：
「你就是繼承了安倍益材大人血脈的昌浩大人吧？我們神祓眾都非常歡迎你。」
行禮致意後，他指著進入梅林的羊腸小徑，繼續接著說：
「到祕密村落大約半天的時間，傍晚前可以到達村子。」
他猛然抬頭仰望天空，沉下臉來。
「晚上的天氣可能不太好。」
昌浩抬頭看著天空。
開始飄起淡淡的雲朵，風也漸漸變冷了。
冰知催大家快走，邁出了步伐。螢露出失望的表情，眺望著梅林裡彎彎曲曲的路。
「暫時見不到爺爺了……」
螢的祖父是神祓眾的首領，住在大海附近的菅生鄉。從這裡去，大約三個時辰就能到達，可是追兵都追到那裡了，最好還是避開。
她嘆口氣，甩甩頭說：

「昌浩，走吧。」

冰知進入了梅林。一行人也在螢的催促下，跟著他往前走。

昌浩默默注視著帶路的男人的白色頭髮。

坐在昌浩肩上的小怪也一樣。勾陣隱形緊跟在昌浩身旁。

不知道是不是察覺到他們緊繃的氣氛，螢顯得不太自在。她壓低嗓門，用帶路的男人聽不見的聲音悄悄說：

「昌浩，怎麼了？」

「那個人……頭髮的顏色……」

「哦……」

昌浩難以啟齒似的回應，螢眨眨眼睛，望向帶路的男人。

她似乎知道昌浩想說什麼，點了點頭。框住她白皙臉龐的烏亮黑髮，柔順地搖晃起來。

「…………」

小怪忽地瞇起了眼睛。在它看來，螢的肌膚那麼白，應該不只是被黑髮襯托出來的。

在紀伊山中，燒炭的老翁、老婆婆收留了他們，讓他們住到螢的感冒完全康復。這段期間，雖然吃的大多是素食，但螢也都吃下去了。與在山中為了躲避追兵不吃不喝趕路的時候相比，那幾天過得像樣多了。

然而，螢的臉還是一天比一天蒼白，越來越沒有血色。

小怪想起要離開京城時，車之輔對它說過的話。還有，勾陣也說過，螢的背部有道斜斜的刀傷。

它甩甩白色的長尾巴，望向旁邊隱形的同袍。

可能是察覺到那股視線，勾陣的聲音直接傳入小怪耳裡。

《怎麼了？》

小怪看了一眼帶路的男人，目光更加陰沉了。

《我看他不順眼。》

勾陣回說：

《我也是。》

《可是不知道為什麼看不順眼。》

《好巧，我也是呢。》

小怪與隱形的勾陣視線交會。

原來白色頭髮的男人，不只夕霧，還有其他人。

提高警覺的神將們，耳邊響起螢的聲音。

「那種頭髮和眼睛，有點特別。」

「特別？」

發問的是昌浩，小怪和勾陣默默等著她說下去。

「是的，那是現影的印記。」

昌浩與小怪相視而望。白色尾巴用力甩了一下。

「還有其他白頭髮的人嗎？菅生鄉在哪一帶？祕密村落是什麼？首領是妳祖父吧？那個冰知是妳的什麼人？」

面對連珠砲般的問題，螢嘆了一口氣。

「你的問題好多，反正這趟路很長，就在路上說吧。」

冰知要帶昌浩他們去的祕密村落，是在比較接近讚容郡的深山裡。

這個山中村落人跡罕至，地圖上當然沒有記載。

據小怪推測，這趟路應該不短。可是冰知熟知地形，都是走隱藏得非常巧妙，乍看絕對看不出來的路，或翻越險峻的山脈，大大縮短了所需時間。

「沿著街道前進，很可能被追兵發現。」

冰知回頭看螢，露出擔憂的眼神。

「螢小姐，妳的身體……」

螢舉起手，制止冰知繼續說下去。

「不用擔心，我沒問題。」

她看了昌浩一眼，露出狡黠的笑容說：

「擔心我，不如擔心這小子。」

螢很習慣在山中奔馳，而昌浩是在平坦的京城成長。儘管這段日子演出的逃亡劇，都是在山裡行走，但總是昌浩先露出疲憊的神色。

昌浩啞口無言。螢說的都是真的，他無法反駁。

這種事讓他懊惱不已。

小怪斜眼看著沮喪的昌浩，甩動長長的白色耳朵。

冰知不經意地瞄到小怪額頭上的紅色圖騰，轉過頭定睛注視著。

「幹嘛？」

小怪低吼一聲，冰知眨眨眼說：

「沒什麼……我只是沒聽說過晴明有這種變形怪的手下。」

「那是因為十二神將的名氣特別響亮，看時機、場合，晴明也會自由自在地操控我這樣的異形。」
昌浩和螢都張大眼睛注視著小怪。
「我也可以變成其他模樣，可是這樣子最好行動。」
然後小怪拉長臉，看著昌浩和螢說：
「我很不喜歡他們老叫我怪物，因為怪物是帶著怨恨、痛苦死去之人的靈魂，他們實在是……」
冰知看著嘀嘀咕咕抱怨的小怪，眼神帶著些許防備。
小怪輕佻地問：
「怎樣？」
「沒什麼……原來你是怪物……」
聽著他們對話的螢，等冰知離開後，疑惑地壓低嗓門問：
「為什麼這麼說？」
小怪的紅色眼睛就像是從夕陽剪下來的一樣，瞬間閃過厲光。
「安倍晴明的手下，怎麼可以輕易暴露真正的身分。」
螢轉向昌浩，向他確認真假，昌浩也疑惑地歪著頭。
不過，怪物說的也有道理。陰陽師的確不會到處炫耀自己的手下。

效忠安倍晴明的十二神將，是非常罕見的存在，所以與陰陽道相關的人幾乎都知道。但是仔細想想，昌浩完全不知道父親、伯父、哥哥們的手下長什麼樣子，甚至連有沒有都不清楚。

「說起來，我連父親的式都不清楚……」

父親吉昌的式是白色烏龜，可是那隻烏龜現在不在吉昌身旁。

螢驚訝地說：

「吉昌大人也有式嗎？我沒聽說呢。」

「有啊，只是現在沒有了。聽說很久以前死了……」

小怪點點頭。

螢難過地瞇起了眼睛。

「是嗎……」

她似乎有很深的感觸，點點頭，就不再說話了。小怪瞇眼瞄著這樣的螢，質疑地說：

「等等，螢，聽妳的語氣，好像對吉昌的事很清楚呢。」

隱形的勾陣似乎也點了點頭，表示同意小怪的說法。

螢摸著自己的後腦勺說：

「只要有安倍血脈的孩子即將出生，我們就會派斥候去監視是男是女。可是聽說每次都是男生，連你都是，長老們都很失望……」
昌浩舉起一隻手說：
「等等。」
「嗯？」
「什麼嘛，原來你們一直在監視我們？」
昌浩直接反問，螢毫不以為意地說：
「那當然嘍，因為安倍家都不主動報告啊。」
聽起來也不無道理。安倍家的血脈一直被監視的事實，讓昌浩覺得暈眩。
螢聳聳肩說：
「我們只是從遠處看，所以太瑣碎的事並不清楚。我們只關注安倍家的人跟誰結婚、有哪些親人。」
不過，繼承安倍益材與天狐之血的直系後代，確實擁有強大的力量，所以他們只針對晴明的孩子究竟繼承了多少特異能力，做了徹底的評斷。
在螢誕生時，他們調查了安倍家中，所有年齡適合跟螢結婚的人。他們要的是天狐之血，所以最好是當時天狐之血最濃烈的人。
這個人將成為好不容易才等到的女婿。神祓眾的長老們，仔細斟酌考量，測試過孩子們的能力後，選中了三男昌浩。
小怪驚訝得張口結舌。
多麼堅決的意志啊。不惜做到這樣，也要得到天狐之血嗎？
「那個力量……」昌浩喃喃說道：「不是人類可以操控的……」
這件事昌浩比誰都清楚。解放天狐之血，就會削減人類的生命。這股強大的力量，可以說是用生命換來的。
螢的眼眸平靜得像無波的水面，她說：
「我知道。」
這樣也無所謂。
「得到繼承天狐力量的安倍家血脈的孩子，是神祓眾的誓願。」
接著說這句話的人，不是螢，而是走在前面的冰知。
「螢小姐從小就是在這樣的意志下成長的。而且，現在也只有螢小姐可以辦得到……」
扭頭往肩後看去的冰知，臉被白色頭髮遮住，所以看不見他說這句話時是什麼表情。
「關於我們的事，到祕密村落後，不管你們問什麼，我都會回答。現在拜託你們，只要專心趕路，前面的路會更難走。」

小怪與昌浩面面相覷。螢默默點著頭。昌浩的心情好複雜，但也只能照冰知的話去做。

坐在昌浩肩上的小怪，抖抖長長的耳朵。

《你以為他會相信你嗎？騰蛇。》

嚴肅地眯著眼睛的小怪，看了同袍一眼說：

《管他呢，沒人知道十二神將會變成異形吧？何況我也沒說半句假話。》

《嗯，說得也是。》

如果他問「你是十二神將嗎」？就只好回答「是」。可是他沒問，所以也不必回答。安倍晴明把異形當成式來使用也是常有的事。這也是事實。小怪只是陳述事實，並沒有說自己就是那種異形。這種模樣比較好行動，也是事實。被稱為怪物小怪，更是不怕告訴任何人的事實。

儘管如它所說，它很不喜歡這樣的稱呼。

現在已經知道，白色頭髮的男人不只一個。螢的說明很合理，好像也很信任這個叫冰知的男人。

冰知的態度很恭敬，對螢的關心也是出自真心。

可是小怪就是沒辦法不對這個男人提高警覺。

叫他們不要靠近播磨鄉的夕霧，到底是什麼意思？
昌浩決定前往播磨鄉。他要親自向長老們道歉，告訴他們他不能跟螢結婚，所以小怪和勾陣陪他一起來。
撇開螢不談，他們無從判斷神祓眾值不值得信賴，所以對周遭所有事物都抱持懷疑。為了預防昌浩受害，神將們有義務要這麼做。
好一會，一行人都默默爬著山。
冰知和螢輕鬆自如地爬上陡急的斜坡，昌浩還是有點喘。
冰知回頭對抖著肩膀喘氣的昌浩說：
「要不要稍微放慢速度？」
「不用，我可以。」
昌浩馬上頂回去，把嘴巴緊閉成一直線，堅持撐下去。
坐在他肩上的小怪甩甩耳朵說：
「不要太逞強。」
「我才沒有呢。」
「看起來明明就有。」
「小怪……」昌浩半瞇起眼睛說：「既然擔心我，你就下來自己走路啊。」

他其實是拿小怪出氣。

小怪假裝不知道，眼神東飄西蕩。沒多久，忽然低聲說：

「雲……」

「別想蒙混過去。」

「不是啦。」

小怪用尾巴敲昌浩的頭，舉起右前腳指給他看。

「你看。」

昌浩很不情願地往小怪指的方向望去。

從樹木的狹縫間，可以看到冬天特有的皎白天空。

昌浩眨了眨眼睛。

為了不被他人發現，冰知選擇的是野獸走的路，不是人會走的路，所以喬木的支幹層層交疊，從狹縫望出去的天空很小。

樹木茂密，風不是很強，可是陽光被樹枝遮蔽，還是寒氣逼人。

昌浩定睛看著被樹枝切割成一小片的天空，彷彿看到了兩道雲。

他不由得停下腳步，心想那確實是……

「……步障……」

前方有聲音在叫喚茫然低喃的他。

「昌浩大人！」

他猛然回過神來。

走在前面的冰知，正要往他走下來。

「怎麼了？是不是有什麼事……」

昌浩趕緊跨出步伐，擺出叫他不要下來的動作。

「沒什麼，沒事……」

在三丈（約九公尺）前方回過頭來的螢，疑惑地皺起眉頭。

「我沒事，快趕路吧。」

這麼回應冰知的昌浩，覺得胸口瞬間發冷。

掛在天空的兩道雲，確實是所謂的步障雲。

那是送葬隊伍的徵兆。會是誰的送葬隊伍呢？

昌浩的視線忽然停在前面的螢的背後。

她的背影是那麼嬌小、虛弱。

昌浩的心怦然作響。他想不會吧？可是，為什麼……

他甩甩頭，想拋開突然浮現的類似預感的想法。

會往那邊想，只是因為突然看到了步障雲。螢個子嬌小，前幾天又得到流行性感冒，躺了好幾天，原本纖細的線條更加纖細了，所以才會讓人產生那樣的聯想。就只是這樣。

昌浩這麼說服自己時，小怪看著自己的左前腳，臉色沉重。隱形的勾陣注意到它的舉動，但什麼都沒說。

喬木變成灌木，越過兩座小山脊後，他們停下來休息。

這樣片刻不停地趕路，已經走了很長一段距離。

冰知把掛在腰間的竹筒裡的水，分給大家輪流喝一小口。再把用果實的粉末揉出來，經過燒烤的乾糧分給大家。裡面好像加了蜂蜜，淡淡的甜味在嘴巴裡擴散開來。

昌浩覺得很好吃，冰知微笑著說：

「聽說螢小姐從小就很喜歡吃呢。」

螢的視線好像忽然轉向了某處。

「那已經是過去的事，現在也不討厭就是了……」

從太陽的位置可以知道大約的時刻。稍微傾斜的陽光灑落下來。風中似乎參雜著比剛才更冰冷的東西。

山裡的黃昏來得比平地早。

「到這裡，就快到目的地了。」

受到冰知的鼓勵，螢點點頭，也若無其事般地擦掉額頭上微微冒出來的汗珠。

才剛站起來，螢就突然彎下腰，喀喀咳個不停。

「螢？」

昌浩擔心地伸出手，被冰知委婉地制止。冰知很快介入昌浩與螢之間，攙扶著螢。

「螢小姐，再多休息一下吧。」

螢邊咳邊無言地搖著頭。

她把湧上來的東西硬吞下去，裝出沒事的樣子，笑著說：

「對不起，有點嗆到。」

喉嚨飄蕩著血腥的鐵鏽味，沉重的熾熱感在胸口翻騰。

「我們走吧。」

螢走在帶頭的冰知後面，昌浩殿後。不過有勾陣隱形跟在後面，所以昌浩並不算最後一個。

昌浩壓低嗓門說：

「螢不會有事吧？」

小怪低聲沉吟。剛才她強擠出笑容的臉龐，瞬間沒了血色，可是既然她本人說沒事，也只能相信她了。

望著螢的背影好一會的昌浩，張開嘴巴想說些什麼。
就在這時候，帶頭的冰知猛然轉過身來，用一隻手抓住螢的身體跳起來。
「咦？」
搞不清怎麼回事的昌浩，呆呆杵在原地，望著冰知和螢的背影。這時小怪的尖銳叫聲刺穿了昌浩的耳朵。
「前面！」
昌浩移動視線。
看到巨大的手腕推倒灌木，向他飛撲而來。

小怪的陰陽講座

②郡司：統治郡的地方官。

3

昌浩及時跳開。

雖然順利從灌木與灌木之間飛出去，卻在降落坡道時失去了平衡，差點滑下去，幸好勾陣現身救了他。

應該坐在肩上的白色身影不見了。

昌浩掃視周遭，看到全身纏繞著枯葉的白色身影滾落斜坡。

「小怪！」

小怪用力踩穩後腳，總算煞住了。然後，眼露兇光，向上騰躍。

這時候，勾陣發現小怪微微拖著左前腳。它會滾落到那麼下面，就是因為情急下用來止滑的前腳，突然無力地彎了下去。

勾陣衝到昌浩前面，對準巨大手臂揮起筆架叉。從刀身迸出來的強大神氣，襲向了手臂。從地面冒出來的手臂，畫出半圓形的軌跡被彈飛出去。把樹木也連帶拖倒的手臂，轟隆落地，掀起漫天塵土。

昌浩結起刀印高喊：

「嗡阿比拉嗚坎夏拉庫坦！」

爬起來的手臂張開手掌，撲向昌浩。

昌浩在半空中畫五芒星，腳橫向畫出一條直線。

「禁！」

肉眼看不見的保護牆瞬間形成，擋住手臂，把手臂彈飛出去。像蠟的皮膚產生好幾道龜裂，露出裡面蠢蠢蠕動的黑色東西。從裡面延伸出來的黑色東西，把外翻的皮膚又拉回來，轉眼間傷口就癒合了。

在那隻手臂的旁邊，又有另一隻手臂從土裡冒出來。兩隻手臂氣勢洶洶地撲過來抓昌浩。站在勾陣旁邊的小怪，額頭上的圖騰閃爍起來，全身冒出灼熱的鬥氣。

注視著前方手臂的昌浩，覺得脖子有刺刺辣辣的感覺，下意識地環視周遭。

他扭頭越肩往後看，螢蹲坐在地上，冰知單腳跪著。冰知瞪視的天空，有顆一丈大的巨大眼球，用冰冷的眼神注視著一行人。

「螢！」

就在昌浩大叫時，巨大的手臂衝向了保護牆。像圓木般粗大的手指撞擊壁面，握起拳頭準備擊碎保護牆。

「什麼……！」

保護牆啪哩啪哩被擊碎了。碎裂的牆壁四處飛散，昌浩受到法術反彈回來的衝擊，被往後拋出去。

「唔……！」

手臂猛追翻滾的昌浩，勾陣使出渾身力量把它踢飛。另一隻手臂閃開轟隆倒地的那隻手臂，鑽進土裡，又捲起漫天塵土跳了出來。

它的手指抓住了來不及跑的螢。

「螢小姐！」

冰知大叫。小怪轉過身來。昌浩跳起來，揮下刀印。騰躍而起的勾陣把筆架叉對準抓住螢的那隻手臂的手腕，橫掃出去。

手腕以上的部分被砍飛出去，手指斷了筋，失去抓力，螢就從那裡滾落下來了。小怪縱身跳了起，抓住了螢的水干服的衣領，在樹林間著地，小怪被壓在螢底下。兩人差點滑下斜坡，勾陣衝過來繞到他們前面，擋住了他們。

昌浩對著剩下的手臂大叫：

「臨兵鬥者，皆陣列在前！」

靈力迸發，形成銀白色的光，灌入昌浩結起的刀印裡。

「萬魔拱服！」

揮下去的刀印，把手臂劈成兩半。分別向左右傾倒的手臂，推倒樹木，鑽進了土裡。

昌浩鬆了一口氣。

小怪的吼叫聲在他耳邊響起。

「昌浩！」

從斜坡下面衝上來的小怪，視線緊盯著昌浩後面。

昌浩回頭看，另一隻手臂逼近眼前。他邊轉身邊結手印，但來不及了。

就在他倒抽一口氣的瞬間，白色身影滑到他前面。

當他察覺那是白色頭髮時，眼前出現了金色的竹籠眼。碰觸到竹籠眼的手臂，動作戛然而止，像蠟般的皮膚被金光纏繞。

單腳跪地的冰知慢慢站起來，用刀印在半空中畫了什麼。

昌浩緊盯著軌跡，看出那是一筆畫出來的竹籠眼。

隨著冰知的刀印所畫出來的竹籠眼逐漸完成，纏住手臂的金網也越來越緊。沒多久，手臂的皮膚就裂開了，從裡面噴出黑色的黏稠物。

四濺的黏稠物爬滿地，爬向一行人。冰知結手印畫出來的竹籠眼，附著在黏稠物的表面上，咻咻冒起了白煙。

從斜坡爬上來的螢，站在昌浩旁邊說：

「冰知，接下來交給我吧。」

冰知扭頭往後看，對正要向前走的螢微微一笑說：

「不用麻煩螢小姐出手。」

他說很快就會消失了。果然如他所說，被無數的竹籠眼困住的手臂，發出噼喳噼喳的聲響碎裂了。

昌浩鬆口氣，同時想起了一件事。

「那個眼睛呢……」

他全力擊退手臂，都忘了注意那顆俯瞰他們的眼球。

他趕緊四處張望，已經不見蹤影。

勾陣帶著坐在她肩上的小怪，從斜坡走上來。昌浩問小怪：

「那個眼睛呢？」

小怪搖搖頭說：

「他趁我忙著救螢，溜走了。」

「勾陣呢？」

「對不起，我也追丟了。」

昌浩嘆著氣說這樣啊，又環視周遭一圈。

那股視線帶著機械般的冰冷。昌浩彷彿看到眼睛深處有顆紅色眼珠子。

「昌浩大人，有沒有受傷？」

昌浩看看擔心的冰知，搖搖頭說：

「我沒事，先看看螢吧。」

全身沾滿泥土、枯葉的螢，啪答啪答拍掉衣服上的髒東西。

「我也沒事，冰知真的很厲害。」

她邊說邊拍掉袖子上的枯葉。冰知看著她，眼睛忽然泛起黯淡的神色，但很快就消散了，微笑著說：

「它們只是暫時被擊退，隨時可能再發動攻擊，我們快走。」

勾陣叫住要轉身往前走的冰知。

「等等。」

「有事嗎？」

右手握著筆架叉的勾陣低聲問：

「你是不是早預料到會被攻擊？」

黑曜石般的眼睛厲光閃閃。

面對她的紅色眼睛卻非常冷靜。

「所以我才急著趕路，要把螢小姐和昌浩大人平安送到祕密村落。」

冰知吸口氣，看著神將們和昌浩。

「我們神祓眾奉首領之命，要保護螢小姐和昌浩大人，不能讓朝廷派來的追兵或逆賊抓到他們。」

逆賊？昌浩在嘴巴裡重複這兩個字。

螢眨眨眼睛，垂下了視線。

「還有，要把與我們為敵的背叛者抓來血祭。」

螢抬起頭，轉過身去。

「不是要在傍晚前到達祕密村落嗎？快走吧。」

冰知看看邁出步伐的螢，再看看昌浩他們，行個禮，追上了螢。

昌浩杵在原地好一會。

這是怎麼回事呢？

「他說的是夕霧吧？」

昌浩滿臉疑惑，小怪回他說：

「應該是。」

勾陣拍拍昌浩的背說：

「先趕路吧，在傍晚前到達祕密村落後，再問個清楚。」

昌浩遲疑地點點頭，開始小跑步追上已經拉開一段距離的螢和冰知。

勾陣邊往前走，邊看一眼坐在她肩上的小怪說：

「你還好吧？第一強鬥將。」

「我說的萬一發生啦，第二強鬥將。」

「騰蛇。」

沒辦法再油腔滑調的勾陣，眼睛露出緊張的神色。

小怪瞪視著自己的左前腳。這隻腳幾乎使不上力。著地時很自然地使用了兩隻前腳，導致身體失去平衡，就滑下斜坡了。

「別告訴昌浩。」小怪說完，立刻搖頭說：「對不起，妳當然不會說。」

「如果你希望我說，我就說。」

小怪淡淡一笑。勾陣這麼說，就表示她不會說出去。非說不可時，她絕對不會先告知小怪。

「小怪、勾陣。」

昌浩發現兩人沒跟上來，叫喚他們。

神將們彼此對看一眼，默默往前走。

神祕眾菅生鄉的祕密村落，位在深山裡面。

越過山脊，踩著天然形成的石子路，渡過不算很寬的淺河川。

河岸上有片竹林。進入竹林時，昌浩有種奇妙的感覺。

好像是穿越了什麼，還是陷入了什麼裡面。

聽到他這麼說，冰知張大了眼睛說：

「你居然察覺了。」

冰知告訴他，那是保護祕密村落的結界。一般人不會發現結界，沒有村裡的人帶路，也沒辦法穿越結界。

穿過蒼鬱的竹林，視野豁然開朗。

太陽已經西斜，沉入了山的另一邊。

山邊的天空，被染成淡淡的橙色，風中開始飄蕩夜的氣息。

在路上清楚看見的步障雲，已經消失得無影無蹤。取而代之的灰色雲層，覆蓋了環繞四方的山脈，從北邊山際擴散開來。

那裡真的是很小的聚落。群山環繞的狹窄平地上，散佈著幾間小屋，各自藏在樹林或竹林裡，處處可見炊煙裊裊，應該是正在準備晚餐。

仔細觀察，就會發現到處都有人的氣息。

牆上的小窗，安裝著兩片窗格。把內側的窗格往左右拉，就可以開關窗戶。上方往上推的窗口，開著一點小縫，透出朦朧的橙色光芒。

家家戶戶都怕冷，緊緊關著木拉門。

感覺裡面很昏暗，其實木門內側還有扇格子門，格子門的中間張貼著塗油的紙張，取代了木板，所以拉開木門，就會發現裡面比想像中明亮。關著木門，只是為了避免冬天的寒冷鑽進屋內，在一定季節，他們會拆掉木門，只留下格子門。

中間安裝木板的格子門太重，張貼紙張比較合理，好像還滿好用的。昌浩心想，改天回安倍家，也把自己的房間改成這樣吧。雖然不知道什麼時候才能回去，但想著這樣的事，心情就會好一點。

冰知把昌浩他們帶到祕密村落最裡面的小屋。四周竹林環繞，隔壁的平房住著這個村子最年長的老翁。冰知設想周到，說今天應該很累了，明天再去打招呼。昌浩匆促接受他的建議，很感謝他的用心。

從與揖保郡相鄰的邊境走到這裡，路程相當遙遠。途中還被攻擊，昌浩真的累壞了。

螢要住在老翁家。她說從小就認識老翁，老翁向來很照顧她。

冰知要先回菅生鄉，向首領報告螢平安無事，還有昌浩已經到了。

「缺什麼東西，請跟隔壁的老翁說，我要暫時離開。」

白髮紅眼的年輕人，對昌浩他們這麼說，就離開了祕密村落。

他們被帶去的小屋，有泥地玄關區，與高一階的木地板區兩個區間。木地板區有拉門做隔間，裡面那間的格子門與木門外面，有條狹窄的外廊。外廊前面是枯草倒塌的狹小庭院，庭院前面是竹林。

冰知說森林裡有湧出來的清水，要用可以自己去挑。

泥地玄關有灶和水缸，都洗得很乾淨，還有用來取水的桶子。昌浩趁天色還沒完全暗下來，拿著水桶出去。

這裡竹林環繞，很安靜。幾丈前應該有其他住家，但可能是竹子有吸音效果，周遭一片靜寂。風把竹葉吹得沙沙作響，冷得讓人發抖。昌浩急忙穿越竹林，走向與竹林相連的森林深處。

聽說沿著踩久後自然形成的小路往前走，就會看到好幾棵梅樹，綁在其中一棵梅樹上的紅布就是記號。綁著紅布的梅樹前，果然有清水湧出來。昌浩把手浸泡在湧出來的水中，凍得差點失去知覺。

他用清水啪沙啪沙洗臉，把水甩乾，嘆口氣。

梅樹、松樹、楓樹、柊樹雜然林立。從葉子凋落的樹枝縫隙仰望的天空，覆蓋著灰色雲層。
今天應該就是今年最後的滿月。
今年就快結束了。
昌浩細瞇著眼睛。
離開京城是在霜月③初，已經一個半月了。
「昌浩，怎麼了？」
跟著他來的勾陣，擔憂地望著他。小怪說為了小心起見，要去巡視四周，所以跟勾陣各別行動。
「我想起早上看到的雲。」
步障雲平時很少見，那種雲怎麼想都是很確實的徵兆。
「希望是我搞錯了，可是……」
那是上天顯現的徵兆，表示即將發生什麼事。
昌浩已經遇到太多不幸的事，多到無法想像還能再發生什麼事。所以他想那兩道雲預告的事，應該是會發生在其他人身上。
但既然自己察覺了，也有可能是跟自己相關的某人的徵兆。
他邊取水，邊繃著臉喃喃自語。

「不管發生什麼事，現在的我也無能為力了……」
這個祕密村落在播磨國赤穗郡的深山中，遠離所有與他相關的人。
昌浩在夜色逐漸深沉的森林裡嘆了一口氣。
「真希望我可以像爺爺那樣，讓魂魄脫離軀殼，想去哪就去哪。」
勾陣聽到這樣的心裡話，拉下臉說：
「不要做那種事。」
「勾陣？」
昌浩滿臉訝異，勾陣輕鬆地從他手中接過水桶，語重心長地說：
「那個法術會縮短壽命。每次晴明使用那個法術，我們都心驚膽戰。」
晴明開始使用那個法術，其實是最近的事。也就是在昌浩開始與種種妖怪對峙之後。
但勾陣沒告訴昌浩這件事。晴明不說的事，神將不能自作主張說出來。
她只能對昌浩說：
「想去哪時，拜託太陰或白虎就行了。」
「可是，他們都不在這裡。」
「那就讓風神聽命於你啊。」
這下換昌浩拉下了臉。

「說得簡單……」

勾陣抿嘴一笑，單手提著水桶，快步向前走。

裝滿水的水桶很重，對身為神將的她來說，卻一點也不算什麼。

昌浩望著她的背影，心想至少要鍛鍊到可以輕鬆提起那種程度的水桶，可是重的東西真的很重呢。

膝蓋和大腿還是像心血來潮般地陣陣悶痛，感覺很快又會引發下一波的劇烈疼痛。現在躺下來，骨頭就會傾軋作響。聽說長到該長的高度就不痛了，可是那是什麼時候呢？

昌浩嘆口氣，覺得喉嚨有痰，輕輕咳了幾下。

又嗯哼幾聲，才把痰清完。這幾天都是這樣，喉嚨很不舒服，不太能說話。

昌浩搔搔後腦勺說：

「我會不會也感冒了……」

他想起螢沙啞的聲音。那時候螢埋怨說，喉嚨很痛，連水都不太能喝。

他告訴自己千萬要小心，快步追上轉頭往後看著他的勾陣。

用來判斷時間的星星，被厚厚的雲層遮蔽了。

「現在是什麼時間呢？」

昌浩邊折樹枝邊思索著，坐在他旁邊的小怪低聲說：

「還沒很晚吧？」

比傍晚更強的風，把圍繞住處的竹林吹得搖晃作響。竹子彼此撞擊，竹葉相互摩擦，給人嘩啦嘩啦下著大雨的錯覺。

提著水回到家時，初次見面的老翁拿木柴來給他們，是住在隔壁的老翁。

他把用繩子捆起來的一堆木柴放在門前，說稍後會拿些食物過來，還問他們有沒有缺什麼。昌浩一時想不起需要什麼，就回說什麼都不缺。

打火石、鍋子都放在灶附近的架子上。從泥地玄關走上木地板間，把大約在中央位置的木板掀開，有座地爐。昌浩照指示掀開板子，把木材放進去，請小怪點火。

昌浩悠哉地想，不用任何道具就能點火，還真方便呢。

燒炭老翁、老婆婆住的小屋，風會從縫隙吹進來，怎麼樣都暖和不起來。這裡的建築倒是很扎實，出乎意料之外。地爐燒沒多久，屋內就漸漸暖和起來了。

身體正面烘得到火很暖和，背後卻還是冷颼颼。

「小怪，靠在我背後。」

昌浩提出要求，小怪沉下臉說：

「你這小子……」

與其那麼做，還不如用神氣包住他比較快。

可是昌浩反對。

「不用做到那種程度，我只有背部冷。」

「要我說幾次你才會明白？不要把我當成防寒道具。」

在火上烘手的昌浩嘆了一口氣。

然後，突然想起了一件事。

「有一次我冷得發抖，紅蓮把我抱在大腿上，真的很暖和呢。」

小怪甩甩尾巴，在記憶中搜索了一會，點點頭說：

「啊，對、對，那次你遇到異邦妖魔，受到衝擊，一下子沒了血色，面如死灰。」

然後它感慨地盯著昌浩說：

「不能再像那樣，把你當小孩子對待了。」

每承受一次成長痛的煎熬，昌浩的身高就增加一些。有時骨頭會傾軋作響，肌肉和筋脈就要拚命跟上骨頭的成長。

昌浩的線條也越來越粗獷了。連每天跟他在一起的小怪、勾陣，也都明顯感覺得到他的成長。

三歲舉行著袴儀式④時，昌浩的靈視能力暫時被封鎖了。

在那之前，紅蓮經常陪在昌浩身旁，把他抱在自己大腿上，有時會看著他的頭，沒來由地撫摸他的頭。這時候，幼小的昌浩會露出質疑的表情，直盯著紅蓮看。他不哭也不害怕的眼神，讓紅蓮覺得很新鮮，也很開心。

紅蓮會把昌浩抱在大腿上，是因為看到吉昌、晴明、成親他們都這麼做。盤坐的大腿，剛好可以收納一個小孩，把小孩固定在那裡。必須讓小孩乖乖坐著時，常有人會這麼做，譬如自己在處理危險東西的時候，或是想唸什麼給小孩子聽的時候。

小孩子坐在大腿上，可能是很有安全感，很快就睡著了。所以成親想趕快把孩子哄睡時，就會把孩子放在大腿上，哼唱即興做的搖籃曲，不斷重複音律單調的祝詞。

只有陰陽師才會用祝詞代替搖籃曲。

不像人類那麼怕冷的神將勾陣，弓著一隻腳靠坐在牆邊，回想當時的光景。

當時紅蓮老往人界跑，勾陣很好奇是什麼原因，也降臨人界去看紅蓮在做什麼。看到騰蛇居然在陪小孩，不禁嘖嘖稱奇。

那天，昌浩第一次口齒不清地叫了紅蓮的名字。

從那時候到現在十多年了。對神將來說只是一眨眼的工夫，卻是足夠讓人類大幅成長的時間。

昌浩把樹枝折成適當長度，丟進火裡，喃喃說道：

「我可以長到哥哥們那樣嗎？」

從很久以前，昌浩就希望自己能長到跟哥哥們差不多高。

小怪笑著說：

「好好努力吧。」

「努力有用的話，我早努力了，這種事根本由不得我。」

半瞇眼瞪著火看的昌浩，嘆了一口氣。

這時候有人輕輕敲響了木門。

「昌浩。」

是螢的聲音。待在泥地間的勾陣，動作比昌浩快，打開了門。

「我送晚餐來。」

勾陣請她進來，她端著蓋著木蓋的鍋子，還有包著竹葉的食物。她把鍋子架在地爐的火上加熱，從櫃子裡拿出碗和筷子交給昌浩，接下來就讓昌浩自己處理了。

湯汁的味道撲鼻，昌浩的肚子就咕嚕咕嚕叫了起來。

小怪瞇起眼睛忍住笑。

「有得吃太好了，昌浩。」

難為情的昌浩橫眉豎眼，在心中暗罵，但這也不是小怪第一次虧他了，他沮喪地

垂下肩膀。

「我要開動嘍。」

打開竹葉包的東西時，勾陣舀了一碗湯給他。竹葉裡包的是用蒸好的糯米捏成的飯糰。

「婆婆說很抱歉，時間太趕，只能做這麼簡單的東西。」

「咦，這樣夠好啦，謝謝，很好吃。」

大口大口吃起來的昌浩，真的是這麼想。

「那麼我就這麼跟婆婆說。」

他那種吃法，就像是想讓做菜的人開心，吃得狼吞虎嚥。

轉眼間就吃光光了。昌浩喘口氣，雙手合十道謝。

「我吃飽了，謝謝。」

「招待不周，不好意思。」

看著他們兩人的應對，小怪有種天下太平的感覺。嚴格來說，到這裡之前，昌浩幾乎沒有好好休息過。

神祓眾展現的態度，是要藏匿昌浩。這裡既然是祕密村落，追兵應該沒那麼容易找到。更重要的是，螢不再有緊張的神情。小怪研判，螢覺得安全的地方，暫時不會有什

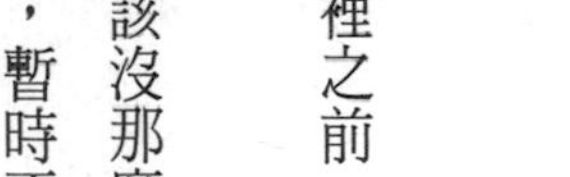

麼危險。

這種狀況當然不可能持久。昌浩被栽贓的嫌疑還是存在，被通緝的事實也沒有改變。他總不能背負著這樣的罪名，逃亡一輩子。

螢說用過的碗筷，老婆婆會洗。從頭到尾都麻煩老婆婆，昌浩有點過意不去。他決定從明天起，要幫老婆婆做些事。

火嗶嗶剝剝作響。

看著火焰的昌浩，終於下定決心，對準備起身離去的螢說：

「我有事想問妳。」

螢盯著昌浩好一會，平靜地說：

「我也在想你差不多該問了。」

她又隔著地爐，在昌浩對面坐下來，用眼神催促昌浩快問。

小怪移到坐在牆邊的同袍旁邊，那裡離門口比較近。

「夕霧。」

昌浩單刀直入，提起這個名字。螢連眉毛都沒動一下。

「他到底是什麼人？」

火焰啪嘰爆裂。螢映著紅色火光的臉，沒有任何表情。

在昌浩呼吸五、六次後，螢才慢慢開口說：

「夕霧是仇人。」

仇人。

這兩個出乎意料的字眼，讓昌浩和神將們都倒抽一口氣。

螢平靜地重複一次。

「夕霧是仇人，他殺了我哥哥，也就是下任首領……」

一個深呼吸後，她淡淡接著說：

「那個男人曾經是我的現影。」

小怪的陰陽講座

③霜月：陰曆十一月。

④著袴儀式：幼兒第一次穿上和服褲裙的儀式，古時多在三歲時舉行。

4

火焰嗶嗶剝剝爆響。火花啪地濺開來，落在昌浩膝下。紅色火花轉眼間便消失，只剩下黑點。

昌浩察覺自己忘了呼吸，趕緊吸一口氣。意想不到的告白，遠遠超出他的想像。

看到昌浩的眼神不知所措地四處飄移，螢嫣然一笑。

心想會這麼驚訝，就不要問嘛。

她知道昌浩遲早會問，暗自決定到時候要儘可能淡定地回答。帶著感情說這件事，很可能受不了崩潰。一五一十陳述事實，才是最重要的，不需要參雜她個人的感情。

她拿起放在地爐旁的樹枝，折成兩半，丟進火裡。

紅紅燃燒的火焰，勾起了那天的回憶。

她思索著措詞，平靜地張開了嘴。

「該從哪裡說起呢……」

神祓眾不只一個家族，是好幾個家族結合起來的總稱。大本營是菅原家族，他們居

住的地方叫「菅生」，就是生為菅原家族的意思。

小野氏族體內，流著最濃厚的菅原家族的血液。祖先裡有個男人，以擔任冥府官吏聞名。神祓眾的小野家族，是那個男人的旁系親族。

神祓眾的靈力，與血脈有很大的關係。靈力的強弱大多決定於血脈。播磨的陰陽師，即便姓氏不同，多少也有點血緣關係。

播磨陰陽師神祓眾首領的直系，力量特別強大。為了保護這條血脈，他們背後都有如影隨形跟著他們的其他家族。

這些影子沒有姓氏，因為他們只是首領家族的影子。這個血脈偶爾會生下白頭髮、紅眼睛的孩子，擁有其他家族沒有的特異能力。

他們會代替首領家族，承受他人施行的詛咒或法術，使那些攻擊失效。白色頭髮與紅色眼睛，就像是那種力量的代價。

神祓眾首領的直系親屬，因為身分地位的關係，經常要承受詛咒或法術反彈回來的力量。成為的替身，讓所有攻擊失效的他們，久而久之就被稱為「現影」了。

影子原本是摸不到的東西。可是他們摸得到，存在於這世上。他們是隨時跟在直系血脈背後的現實影子，就像只屬於首領家族的式。

在首領家的小孩即將誕生的幾年前，這個家族會像顯現徵兆般，預先生下白頭髮、紅眼睛的孩子。通常是男生，很少會有女生。不管男生或女生，同樣都擁有特異能力。負起守護責任的影子誕生後，首領家的孩子就會誕生。

夕霧是在螢誕生前四年出生的。

「他大我四歲……啊，他快十九歲了。」

螢遙望著遠方某處。

再過半個月，就是新的一年了。夕霧十九歲，螢就是十五歲。然而，螢先提起的不是自己的年紀，而是夕霧的年紀。

她的語氣十分淡然，眼神卻全然相反，流露傷心難過的情感。昌浩察覺她那樣的眼神，整顆心都緊緊糾結起來。

螢閉上眼睛，折斷樹枝。啪嘰聲響，就像想讓自己對什麼死了心。

「十三年前……聽說京城的安倍家生下男孩，菅生的長老們都大失所望，沮喪地說怎麼又是男生。」

她看看昌浩，苦笑起來。昌浩指著自己，表情複雜地嘀咕著：「怪我也沒用吧。」

「結果年底就生下了我。因為是女生，大家都非常開心。年紀剛剛好，終於可以實現三代以來的願望了，聽說引發大騷動呢。」

昌浩沒問她聽誰說的。想都知道，應該是聽大她四歲的現影說的。

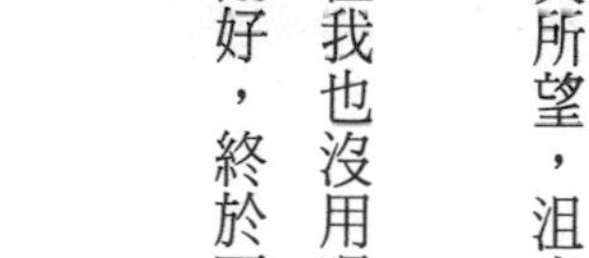

但是神祓眾十分慎重。要先確認對方孩子的強弱。更重要的是，能不能平安長大成人。

男孩的死亡率比女孩高。安倍家的孩子代代都很健康，但是益材的孫子吉昌，在舉辦元服儀式前，有一次差點病死。

去年夏天，安倍家的三男舉辦了元服儀式，小野家的女兒也平安長大了。神祓眾的長老們，確定沒有該擔心的事，就準備迎接天狐之血了。昌浩是他們從晴明那一代盼到現在的孩子，他們當然要做好萬全的準備迎接他。

小怪半瞇著眼睛低聲沉吟，看了一眼身旁的同袍，她也是類似的表情。

對安倍家來說，這是很蠻橫的要求，甚至可以說是把約定當成把柄的脅迫。然而，站在神祓眾的立場，卻是如此殷切期盼的姻緣。說起來有點一廂情願，不過，站在相反立場，確實會那麼做。更何況，他們並沒有強行擄人，而是一切按規矩來做。

小怪和勾陣又彼此互看一眼。

這件事要怪就要怪安倍益材。他什麼都沒說，到這種緊要關頭才拜託冥官傳話，這種做法很卑鄙。為了自己獻出後代子孫，太過分了。

可是為了娶天狐，益材也是拚了命堅持到底。聽說被逼到了生死邊緣，所以他可能也有他萬不得已的苦衷。

那麼，至少也該把這件事告訴晴明，為什麼沒說呢？這是小怪和勾陣產生的另一個疑問。他們很想在益材投胎轉世前，揪住他的衣襟，把事情問個水落石出。

螢怕火燒得太旺，邊用火箸撥動樹枝，改變木柴的位置，邊眨著眼睛說：

「我哥哥跟我差五歲，那時十九歲……」

哥哥名叫時守，出生時便具有足以勝任下屆首領的靈力，也很聰明。

從小接受成為首領的嚴格訓練，他都應付自如，長老們對他相當期待。

但是五年後誕生的妹妹螢，卻擁有超越時守的力量。

螢出生時帶著螢火般的光芒，她的宿命除了嫁給天狐的血脈外，還擁有全族中最強大的力量。從那時候起，長老之間出現不同的聲音，主張下任首領應該由螢繼承，而不是時守。

神祓眾的首領，男女都可以繼承。必要條件是，有統領一族的聰明才智，以及強大的靈力。時守有這些條件。但諷刺的是，螢也有。

「由於家規，我與哥哥從小分開生活，但每年都能見幾次面。我很喜歡溫柔又聰明的哥哥，見到他就很開心。」

懷念地瞇起眼睛的螢，說話的聲音真情洋溢，昌浩聽得出來她真的很喜歡哥哥。

雖然沒有生活在一起，但是鄉裡的人和夕霧，都會告訴她時守的事。說時守多麼優秀、多麼努力不懈。

螢從來沒想過要接任首領。她認為自己的任務，就是生下天狐血脈的孩子。這之外的任務對她來說都太過沉重，而且有時守在，她不知道自己幹嘛要去想那種愚蠢的事。

螢盯著昌浩，平靜地說：

「他……有點像昌親大人。」

「咦……」

「真的有一點點像，不過，容貌完全不一樣……」

像的是身段柔軟、說話沉穩、深思熟慮。

螢打從心底傾慕唯一的哥哥。她真的很喜歡哥哥，而時守也很疼愛妹妹。

然而，不知道從什麼時候開始，她與時守的心有了距離。

螢垂下視線。

搖晃的火焰，發出嗶嗶剝剝的爆裂聲，完全燃燒的木柴潰不成形。

周圍的雜音越來越大。隨著螢的成長，主張由她繼承首領位置的聲音越來越大。

螢不管怎麼否決、怎麼拒絕，還是會持續修行，學習種種事物，她的才幹也越來越

獲得大家的認可。

她這麼努力，是希望等哥哥繼位後，可以協助哥哥。首領有時候會被身分地位綁

住，不能採取行動，這時候就需要可以自由行動的人。
她一心想成為哥哥的眼睛、成為哥哥的左右手。
她的現影夕霧，知道她的想法、知道她的願望，答應過她會全力協助她。
她也相信夕霧會永遠跟她一起效忠哥哥。
今年秋末，小野的長老送了一封信到安倍家。信上只說會派使者前往，到時候請聽使者說明事情的詳細內容。
安倍家不知道約定的事，必須把益材留下來的證明文件拿給他們看，才能把安倍家的孩子帶回菅生鄉。
時守承接了這項任務。
「我想爺爺是藉由這件事，向大家宣佈哥哥是下任首領。要推我當首領的聲音也沉寂了下來，可是……」
螢都知道。
從她成年後，時守與夕霧之間的關係逐漸變得緊張。
對於螢的擔憂，夕霧堅持說那不是她該擔心的事，所以她不知道他們為什麼會鬧到失和。
「我問過冰知，他也不清楚……」

說到這裡，螢眨了眨眼睛。昌浩和神將們都疑惑地看著她。

她察覺後，趕緊補充說明。

「啊，對不起，冰知是我哥哥的現影，跟哥哥相處的時間比任何人都長，所以最清楚哥哥的事。」

兩人的母親在螢出生時便過世了。聽說母親的身體原本就不好。而父親也在螢剛懂事時辭世了。昌浩很想問過世的原因，又不知道該怎麼問，在嘴巴裡支支吾吾地嘟囔著，螢看了出來，便苦笑著說：

「我父親的現影，替父親承受反彈的詛咒死了。失去現影後，詛咒直接落在父親身上，父親沒辦法承受就過世了。」

這是冰知告訴她的。時守的現影冰知，比時守大五歲，清楚記得當時的事。

「也就是說……」

昌浩在頭腦裡計算。

螢現在跟自己一樣十四歲，夕霧十八歲、時守十九歲、冰知二十四歲。

他想起冰知的樣貌。冰知的年紀比昌親小，但說到沉穩度，他也同意兩者差不多。

「現影與首領的族人，是一對一的搭配。現影是護法神專為某人派遣來的人，無可取代。」

所以螢的父親失去現影後，越來越虛弱，不久就死了。現影是守護首領生命的影子。

小怪聽完，捏了一把冷汗。

失去現影的人，會越來越虛弱。

它注視著螢的臉。她映著火焰的肌膚，因為火的顏色，看起來像是白裡透紅，其實毫無血色。

——那位螢小姐……身體好像不太好。

小怪想起車之輔說的話。也許這就是原因吧。

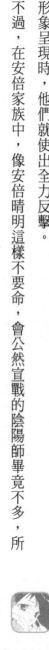

默默聽著螢說話的勾陣，這時候插嘴說：

「妳父親的現影是敗給了怎麼樣的詛咒？」

螢搖搖頭說：

「不知道，他是播磨陰陽師神祓眾的首領，隨時隨地都可能與什麼人結下仇恨，被下詛咒。」

說得沒錯。安倍晴明等安倍家族的陰陽師們，也經常遭遇那種事。安倍家族的陰陽師沒有現影這樣的人，他們只能靠每天唸祓詞或神咒來避開那種事。當詛咒以看得見的具體形象呈現時，他們就使出全力反擊。

不過，在安倍家族中，像安倍晴明這樣不要命，會公然宣戰的陰陽師畢竟不多，所以比較少像神祓眾那樣受到攻擊。

「冰知對哥哥非常忠誠，連他都不知道，其他人更不可能知道哥哥和夕霧之間到底發生了什麼事。」

螢喘口氣，垂下了頭。

「哥哥要當使者去安倍家的前一天晚上，事情發生了。」

當時夕霧和螢在祕密村落修行。時守出發前，說要去見螢，跟冰知去了祕密村落。哥哥笑著說要去幫螢鑑定未來的夫婿，螢忘不了他當時的表情。

村裡的老翁與村裡的人，圍繞著未來的首領，吃著簡單的晚餐，一直吃到很晚。

看到很久不見的時守，螢好開心，很想跟時守多說點話，可是想到他熬得太晚，明天出門會沒精神，就忍下來了。祕密村落裡的人不太能見到時守，但是她只要回到菅生鄉，就有很多機會跟時守聊天。

時守是前任首領的長子，現在已經穩坐下任首領的寶座，說不定今後他們可以更自由地見面。而且只要她跟安倍家族的人生下孩子，她的任務就完成了，這樣長老們應該就會放心了。

螢自己也這麼期待，夕霧比任何人都清楚。

可是為什麼會變成這樣呢？

螢閉上眼睛，搜索當天的記憶。

那是在村裡的楓葉轉紅之前。

◊　◊　◊

吃到很晚的晚餐，大約過了亥時才結束。

陰陽師不喝酒，因為酒會使反應變得遲鈍。播磨陰陽師神祓眾是使用靈術與武術。攜帶武器的播磨陰陽師，絕對不碰會讓人失去知覺的酒。

京城的陰陽師未必是這樣，但生在菅生鄉的陰陽師，都會遵守這個法則。下任首領來，慶祝晚會也不會鬧得太過火，就是因為沒有酒。

螢也沒喝過酒。對螢來說，酒只是用來舉行儀式，不是用來喝的。現影們也都跟著這麼做。

沒有過度狂歡的晚餐宴席，圓滿落幕，村裡的人都心滿意足各自回家了。

螢和夕霧每次來祕密村落，都是住在竹林環繞的客用小屋。因為這間小屋已經被他們占用，所以突然來訪的時守和冰知，被安排到另一端的小草庵。

螢睡在兩間木地板房間的其中一間，察覺有動靜，張開了眼睛。

她睡的這間靠近庭院，睡在有地爐那間的夕霧似乎醒來了。她覺得隔著木門的那間房間，有人在做什麼。

螢爬起來，把小外褂披在單衣上，對自己施加暗視術，再悄悄拉開木門。白色頭髮飄浮在黑暗中，螢看到夕霧正在穿草鞋的背影。

「夕霧？」

聽見叫聲，夕霧轉頭往後看，臉上明顯露出「糟糕」的表情。

螢疑惑地歪著頭，走到夕霧旁邊。

「你要去哪？」

「沒去哪……」

吞吞吐吐的夕霧，臉色不太好看，螢抓住他的手，又問了一次：

「你要去哪？」

夕霧還是不回答，緘默不語，試圖掙脫她的手。

「夕霧。」

螢注視著他的紅色眼睛。

他們為了通風，開著格子門。今晚沒有月光，但是螢的眼睛已經適應黑暗，清楚看見了夕霧的表情。

這樣僵持了一會，夕霧不得不認輸，嘆口氣說：

「時守大人說有事跟我談。」

「有事？什麼事？」

夕霧實在沒辦法回答她。

「你要跟哥哥談什麼？告訴我，夕霧。」

「詳細內容我也不清楚，他只說有事跟我談，叫我半夜去一趟。」

螢知道他們之間的關係不太好。夕霧總是對時守抱持著戒心，不管螢怎麼告訴他沒那種必要，他都只是點頭，什麼也不說。

夕霧是螢的現影，跟螢相處的時間比任何人都長，他的人生屬於螢。

這些螢都知道。

他有多保護螢，神祓眾的人都知道。

為了實現神祓眾與安倍益材之間的約定，螢被當成了道具。神祓眾的人也都知道，夕霧對這件事非常不滿。

螢從懂事以來就被教導，與安倍家族生下孩子是自己的任務，所以她覺得理所當然，欣然接受這樣的安排。

這是陰陽師之間的約定。安倍益材為了娶天狐，答應將來會把天狐之血分給神祓眾。神祓眾一直在等待約定實現的日子。
除了她之外，沒有人可以完成這件事，所以她非做不可。
螢一直這麼認為。
鄉裡的人，除了夕霧外，也沒有人反對這件事。
「夕霧，你是不是想去阻止我哥哥？」
夕霧沒有回答螢。
明天時守就要去京城。若事情談成了，他就會把安倍家的孩子帶回來。
神祓眾是希望他們締結正式的婚姻關係，但做不到也沒關係，只要生下孩子，交給神祓眾撫養就行了。
離簽下約定的時間已經很久了，硬逼對方履行似乎有些蠻橫。
長老們願意儘可能做讓步。
讓螢與安倍家擁有天狐之血的人生下孩子，是他們唯一的堅持。
「我只是想阻止妳與安倍家的人生下孩子。」
「這是我出生前就已經決定的事吧？」
螢大感驚訝，怎麼現在還說這種話。
「我生下孩子，就可以完成長年來的約定，對哥哥也有幫助，這麼做有什麼不對？」

夕霧搖搖頭，回應她的話。然後，輕輕撥開她的手。
「妳不了解也沒關係。」
他叫螢先睡，逕自走出了屋外，白色頭髮飄浮在黑夜中。
最後螢彷彿看到他紅色的眼睛深處，閃爍著複雜的光芒。
她想追上去，腳卻怎麼也不聽使喚。這時候她才驚覺，叫她「先睡」那句話，是輕度的咒語。
為什麼夕霧必須這麼做來絆住她呢？
咒語被察覺就破解了。
螢怎麼也放心不下，走出屋外。
這是個沒有月亮也沒有星星的夜晚。覆蓋天空的雲層凝重低垂，風夾帶著溼氣，彷如黏附在皮膚上。
天亮前很可能會下雨。
她邊這麼想，邊走向夕霧可能前往的哥哥住的草庵。
村裡的人都入睡了，祕密村落一片靜寂，被風吹動的竹葉摩擦聲，聽起來分外響亮。
螢敲打已經熄燈的草庵門，來應門的是冰知。
看到螢突然跑來，冰知大吃一驚。

「螢小姐，怎麼了？」

與螢相差十歲的現影男人，用監護人般的眼神，無言地責備她三更半夜還出來。

「我哥哥呢？」

「時守大人已經睡了……」

「真的嗎？你去看他在不在。」

「螢小姐？」

「快去！」

看到螢焦急的樣子，冰知覺得事情不對，聽她的指示，去時守睡覺的地方確認，大驚失色地跑回來說：

「他不在，這麼晚了，是去哪了……」

不知道為什麼，螢有種不祥的預感。哥哥把跟他關係不好的夕霧約出來，也沒告訴冰知，到底想做什麼？

「冰知，哥哥可能跟夕霧在一起，幫我找到他們。」

聽螢這麼說，冰知也臉色發白。時守和夕霧之間有嫌隙，是眾所皆知的事。

螢和冰知分頭去找他們，搜遍了整個村子。被黑夜包圍的村子萬籟俱寂，到處都沒有時守與夕霧的蹤跡。

不在村落裡。

「在結界外？」

她想到某個地方，轉身奔向來這村落時會經過的河川，與河川前的竹林。

風勢漸強，颼颼吹著竹林。竹子柔韌地彎下腰來抵抗風力，相互撞擊。螢在這樣的竹林裡奔馳。

腦中浮現難以言喻的不祥預感，心臟在胸口狂跳。

為什麼那時候放開了夕霧的手呢？不管他說什麼，都該跟著他走。待在他身旁，就不會這麼不安了。

穿越竹林後，眼前是平靜的河岸，只聽見潺潺水聲和風聲。

猜錯了嗎？

螢這麼想時，熟悉的靈氣波動震盪空氣，傳到了這裡。

她轉過身看。是來自河川上游。她想起河岸有間水車小屋。

那間小屋離祕密村落有點遠，村落裡的女人們，每七天會去一次，在那裡磨粉。水車的聲音很吵，蓋在離村落稍遠的地方，才不會吵到住家。那個地方不會被任何人發現。

走近後，螢聽見兩人的聲音。語氣粗暴，像是起了爭執。

在吵什麼呢？

使用許多齒輪構成的水車，不停嘎吱嘎吱響著。夕霧和時守就站在那間水車小屋的旁邊。

兩個人都殺氣騰騰。螢再定睛細看，發現時守身上有些傷痕。

「夕霧，你對我哥哥做了什麼？」

螢驚慌大叫，夕霧把頭轉向她，就在看見她的臉時，時守的靈力爆了開來。

被捲入爆炸旋風的螢，毫無招架之力，被遠遠拋了出去。

好熱。

又燙又熱，手腳卻異常冰冷。

螢朦朧地張開眼睛。

她看到舞動的紅色火焰，是水車小屋燒起來了。為什麼？

發生了什麼事？夕霧和哥哥在哪裡？

必須找到他們。

她這麼想，但身體虛弱無力。

響起匡琅聲，紅色火焰反射到亮晃晃的刀尖，整把刀被染成了鮮紅色。

那把刀柄雕刻著竹籠眼圖騰的小刀，是被派任為現影時，長老賜予的。

為什麼會染成紅色呢？

她覺得呼吸困難，稍微咳一下，體內就劇烈疼痛。沒多久，背部開始像跳動的脈搏般，陣陣刺痛。

這時候，她赫然屏住氣息，發覺哪裡不對勁。

胸口又沉又熱，某種東西蠢蠢蠕動著，重得像吞下了鐵塊。

不知道什麼湧上喉頭，一張嘴，就從嘴裡溢出帶著鐵味的熱熱的東西。一團熱堵塞氣管，咻地擴散到全身，霎時整個身體就冷得像冰一樣了。

「螢……！」

熟悉的聲音灌入動彈不得的螢的耳裡。

「……夕……」

她想呼喚夕霧，卻只能發出喘息聲，說不出話來。

她只移動眼珠，搜尋夕霧。紅色火焰照亮了四周，現在分明是黑夜，卻像身在夕陽裡。

對，像夕陽，像黃昏的逢魔時刻，周遭通紅，看不清楚。

旁邊有人影。一隻大手伸向她，按住了她的脖子。不用看臉，她也知道那是誰的手。

從小陪在她身旁的現影的手，她不可能搞錯。

颼颼風聲中，夾雜著某人的叫喊聲。

她清楚聽見，那個聲音大喊「住手」。

那是哥哥的聲音。他在哪裡呢？在附近的話，快過來啊。

她用癱軟無力的手指抓扒泥土。

剎那間，背脊一陣灼熱的劇痛。

「唔……！」

她反射性地向後仰。

疼痛從右肩傳到左腰。她只能發出不成聲的喘息。喉嚨咻咻作響。在胸口蠢蠢蠕動的東西，開始暴動起來。

夕霧把手伸向螢背後的傷口，強行撐開被割開的皮膚與肉，按住痛得奮力掙扎的螢，把手指伸進傷口裡面。

「——唔！」

劇痛與心靈受到的打擊，讓螢沒辦法做任何思考。

有人大喊著「住手」。

「哥……哥……」

紅色火焰舞動著。

夕霧把手從螢的背部拿開，把沾滿血跡的雙手，抵在地面上，用硬擠出來的聲音說：

「螢……妳還……！」

氣若游絲的螢，把全身力量注入雙手。

她虛弱地抓住夕霧沾滿她的血的手。

為什麼？

夕霧應該可以從嘴形看出她在問為什麼。

她聽見哥哥的叫聲。沒多久，靈術的波動就像火焰捲起大漩渦爆開般，猛烈襲向了夕霧。

受到牽連的螢，在地上翻滾，血花四濺。

最後她只記得，夕霧與時守之間的爭執，被風吞噬了。

5

螢淡淡的陳述，有點叫人難以置信。

昌浩臉色蒼白，啞然失言。螢從他的表情看出了他的懷疑，於是背向他，解開脖子後面的繩子，脫掉水干服，解開衣帶，讓單衣的衣領從肩膀滑落下來。

「唔……！」

昌浩嚇得往後退，意義不明地用手臂遮住了嘴巴。

螢把披在背上的頭髮撥到前面，露出膚色淡薄而透明的肌膚。

在紅色燈光的照射下，確實有道斜斜的刀傷，從右肩延伸到左腰。

那道傷疤很驚人，螢的動作也令人出乎意料，嚇得昌浩全身僵硬，說不出話來。

螢把暴露在夜晚寒氣中的白皙背部對著昌浩，低聲說：

「這樣也不信嗎？」

昌浩猛搖著頭。他的頭腦一片混亂，不知道該說什麼。

靠坐在牆邊的勾陣起身走向螢，把滑落下來的單衣拉回她肩上。

「到此為止吧？螢。」

螢垂下頭，壓抑的情感瞬間爆發出來。

「對不起，嚇到你們了。」

看著背對自己道歉的螢，昌浩的臉還是一樣緊繃，好不容易才擠出話來。

「……這……樣……啊……」

小怪嘆口氣，移到昌浩膝邊。

「你還好吧？」

昌浩低頭看著小怪，露出快哭出來的表情，搖了搖頭。

他原本就覺得螢個子太小、太瘦弱，看到她裸露的肩膀、背部更是心疼，不但沒什麼肌肉又單薄，最慘的是肌膚白到讓人倒吸一口氣。

簡直像個死人。

螢整理好衣衫，轉過身來。昌浩沒辦法直視她的臉，迅速撇開視線。

「當我醒來時，一切都結束了。」

好平靜、平靜到毫無生氣的聲音，讓昌浩猛然望向了螢。

她的臉上沒有憤怒、沒有悲傷，勉強來說只有困惑。

就像迷了路，不知道該怎麼辦的孩子。

「察覺事情不對的冰知，帶著村人趕來時，水車小屋已經快燒光了，哥哥跟我倒在地上。」

所幸，如螢所預測，下起了雨，火勢才沒有延燒到竹林和山脈。

螢躺在岸邊，下半身泡在河裡。時守躺在火焰熊熊燃燒的小屋旁。

冰知衝向了時守。其他村人有的忙著把螢從河裡撈出來，有的忙著滅火。

村人確定受重傷的螢還有氣息，趕緊把她送回村子。

小怪看著螢說：

「時守呢？」

雖然已經知道結果，為了慎重起見，小怪還是問了。螢平靜地說：

「聽說冰知趕到的時候，已經斷氣了。」

當時的情景在腦中浮現，螢猛然垂下了視線。

倒在地上的時守身旁，滾落著那把小刀。受傷的時守的直接死因，是頸動脈被割破，失血過多。

螢背上的傷勢非常嚴重。對方不但砍傷她，還用力撐開她的傷口，把手指硬塞進肉裡，差點傷及內臟。

肉被扯開、皮膚被撕裂的傷痕，可以被整治到只留下刀傷般的疤痕，是靠神祓眾的藥師與首領的靈術。

螢死裡逃生，好不容易醒過來時，已經是事發十天後的早上。

醒來後，首領告訴她，時守死了，夕霧不見了。

女人們擔心她背上的傷永遠不會消失，咳聲歎氣，淚流滿面。螢茫然地看著她們，暗自做了決定。

忘了吧。

她不知道發生了什麼事，連問為什麼的力氣都沒有，也沒有人會回答她。

忘了吧。

忘了那個眼神、忘了那個溫暖、忘了那個聲音。

現影一輩子只有一個，螢已經沒有現影了。

螢想起傾慕昌浩，把昌浩稱為主人的妖車，也想起自己對它說的話。

——我也有個式……我很珍惜他，想一輩子都跟他在一起……

夕霧不會也不能成為她的丈夫。

然而，他們有超越那種關係的羈絆。不管她的丈夫是誰、不管她跟誰生下孩子，她都可以跟身為現影的夕霧在一起。

既然這樣，嫁給誰或生下誰的孩子都無所謂。

只要有夕霧在，螢就滿足了。

真的光這樣就滿足了。

沒有人可以取代他。

既然沒有人可以取代，記得就太痛苦了。

所以螢決定忘記。

再也見不到他了。再也聽不見他的聲音了。那雙手再也不會碰觸自己了。

忘了吧，忘了所有一切。

然而，螢還記得。

時守試圖阻止突然行兇的夕霧而大叫的聲音。

他們兩人之間究竟發生了什麼事，沒有人知道。

預定前往安倍家的下任首領時守，被突然抓狂的現影殺死。那個逆賊消失了蹤影，杳無音訊。

螢靠著意志力和止痛符醒過來，十天後就下床了。

於是，她告訴了首領。

她要代替哥哥，親自前往京城。

她一直想協助哥哥。她還記得哥哥笑著說，要去幫她鑑定未來的夫婿。

現在哥哥死了，只有她可以繼承首領的位置。

聽說失去現影的螢要去京城，長老們都面有難色，但螢不聽他們的話。

承接天狐之血，是神祓眾與安倍家之間的約定，螢有義務完成這件事。

螢的傷勢復元得相當快。除了靠首領的靈術之外，一度死裡逃生，也使螢本身的生命力更加強韌。同時，與生俱來的強大靈力也有了飛躍性的成長。

就這樣，螢獨自去了京城。

她想去沒有神祓眾的地方。

鄉裡的人都拚了命在找夕霧，他們憎恨殺了下任首領的他。

儘管遭遇那樣的事，螢還是不想聽到關於夕霧的壞話。

「夕霧想阻止我跟安倍家的事，所以可能是他……」

沒有昌浩、沒有安倍家的人，螢就不能生下有天狐之血的孩子。夕霧會這麼想也無可厚非。

或許有些武斷，但犯下那麼殘暴的罪行，也只能斷定他無疑是瘋了。既然這樣，再問他為什麼那麼做，就毫無意義了。

「哥哥死後，冰知一直支撐著我。我們都失去了無可取代的人，剛好彼此慰藉。」

螢抬起視線，淺淺一笑。

「我知道的事，就只有這樣，你們還要問什麼嗎？」

「……………」

昌浩無言以對。

小怪代替他搖搖頭，表示不要再說了。

螢轉向勾陣，勾陣也默默垂下了視線。螢知道，她是用這樣的動作告訴自己，什麼都不要說了。

「十二神將比我想像中溫柔呢。」

螢苦笑著站起來，提著裝碗盤的桶子走出小屋。

「我想你們都累了，好好休息吧。我在對面，有什麼事就叫我一聲。」

離開前，她輕柔地道了聲晚安。關上木門時，她的表情十分平靜，看不出來才剛說完那麼悲慘的事。

竹林沙沙作響。被風吹得瑟瑟發抖的竹葉、柔韌地彎腰相互撞擊的竹子，發出嗚響。火花濺起，嗶嗶剝剝爆響，燒得紅通通的木柴碎裂瓦解。紅色火焰突然熊熊燃燒起來，瞬間又萎縮了。

火勢減弱，外面的寒氣就會透進屋內。

勾陣瞥一眼僵滯不動的昌浩，默默地往爐裡加木柴。

稍稍萎縮的火焰，又恢復原來的氣勢，驅走昏暗，照亮了昌浩的臉。

臉、胸部都被火烤到有點熱了，背部卻還是很冷。

昌浩緩緩把手伸到火上烘烤，再翻過來烘烤手背。

大家都不說話。

勾陣站起來，從泥地玄關的櫃子，拿出跟睡覺用的榻榻米放在一起的外褂，把外褂披在昌浩肩上，又靠牆坐下來，弓起了一隻腳。

現場一片靜寂，氣氛凝重。

昌浩的右手輕輕握起拳頭，用左手的手掌包住拳頭。

指尖還是很冷。受到的打擊太大，體溫無法恢復。

看到昌浩難以置信的表情，螢就默默讓他看了背上的傷。

那樣的動作，就像把所有事都埋藏在心底的她，發出來的無聲慘叫。

為了填補失去的東西，她前往京城，把跟益材的約定告訴了安倍家。

生下有天狐之血的孩子，是螢最後剩下的生存意義。

可是昌浩不能答應。他來播磨、來菅生鄉，就是為了拒絕這件事。

「…………」

忽然，夕霧的聲音在昌浩耳邊響起。

——如果你對螢有感情。

感情是什麼？昌浩不太清楚。不能保證夕霧所想的，跟昌浩所想的一樣。

可是那時候，夕霧是叫他帶著螢逃走。

夕霧說如果他對螢有感情，就帶著螢逃走，還說不要靠近播磨鄉。

從冰知的言行可以看得出來，神祓眾很保護僅剩的直系血脈螢。

那麼，夕霧為什麼會說那種話呢？

更奇怪的是，夕霧是螢的現影，怎麼會做出那麼兇殘的事呢？

神祓眾認為他是瘋了。沒錯，不但殺死時守，還要殘害螢，唯一的解釋就是他瘋了。

可是……

沉默許久的昌浩，喃喃說道：

「夕霧救了螢啊……」

在山中逃避追兵的時候、在受到白色手臂攻擊的時候。

從山坡滑落，被冷得像凍結的河水吞噬的螢，也是被那個男人撈起來的。

太矛盾了。沒辦法解釋。

那個男人不像瘋了。他強勁過人、冷靜過人。若要說他瘋了，昌浩實在無法相信自己的眼睛。

還是自己錯估了夕霧？

昌浩的表情越來越嚴峻，小怪和勾陣直盯著他。

他們抱持著跟昌浩同樣的疑問，也同樣找不到答案。

火焰啪嘰啪嘰爆響。

回過神來時，木柴幾乎燒光了。

小怪嘆了一口氣。再想下去也不會有結果。

「再想也想不通，先睡覺吧。」

昌浩沉吟了一會，深深嘆口氣，點了點頭。

他把灰撒在還沒燒完的木柴上，把火熄滅。再把榻榻米拿到裡面的木地板間，鑽進外褂裡睡覺。

躺下來閉著眼睛，狂跳的心還是靜不下來。外面的竹聲和風聲依然不絕於耳，隔著眼皮都彷如能看見大大彎曲的竹影。

滅了火的房間，逐漸變冷，昌浩把身體蜷縮在外褂裡。

身體很疲憊，眼睛卻格外清亮，睡不著。

就在他翻來覆去時，察覺小怪和勾陣走向了泥地玄關。他們窸窸窣窣摸索了一會，找到裡面填充棉花的麻衣。

「再加上這件會好一點吧？」

勾陣這麼說，把麻衣蓋在外褂上。昌浩探出臉來，點點頭說：

「嗯，謝謝。」

「再更冷的話，就抱著這東西，把它當成溫石。」

「別叫我東西。」

被稱為東西的小怪，半瞇起眼睛。勾陣低聲笑著，什麼也沒說。

那是很輕鬆自在的日常對話，多少紓解了昌浩緊繃的心。勾陣和小怪當然是算準了這一點，才故意做那樣的對話。

昌浩表情扭曲，把外褂拉到頭上。

不知道為什麼，覺得好悲哀。

對螢來說，在發生那件大事前，夕霧一定跟勾陣、小怪一樣，是無論發生什麼事都絕對可以信任的存在。

這個獨一無二的人，竟然出手傷了自己，做了很過分的事。他殺了螢最愛的哥哥，從此銷聲匿跡。

螢若無法再相信任何事，也不奇怪。

她受了傷。不只身體，心靈也受了又深又重的傷。

就像昌浩以前曾為某件事飽受折磨那樣，說不定螢心中也有無法療癒的傷。那種感覺很無助、很悲哀。

要不是在夢殿見到那個人，對他說你好可憐，他恐怕不會察覺自己是那樣。

「螢……」昌浩從外褂和麻衣下面，發出模糊的聲音說：「好可憐……」

這應該是同情，但也算是感情。

昌浩對螢有感情，才會可憐她。就像自己的事，感同身受，心疼她。

而那個讓螢露出那麼悲傷的眼神的夕霧，對螢來說，真的是非常、非常重要、無可取代的人。

昌浩思索著這些事。

但找不到答案。資料太少。光靠螢說的話，很多事都無法釐清。

螢得不到更多的資料，只能說服自己面對現況。

她嘴巴說夕霧是仇人，眼神卻沒有一絲絲的仇恨，甚至——。

「我覺得……」

「嗯？」

昌浩還是蓋著外褂，沒有露出臉來。

「螢那樣的眼神……我曾經見過。」

小怪眨眨眼睛，瞥同袍一眼。勾陣也歪著頭，眨了一下眼睛。

「我見過……就跟天一談起朱雀時的眼神一樣。」

也跟風音談起六合時的眼神一樣。

在提起那個人的時候，口吻跟提起其他任何人的時候都一樣，眼神的溫柔度卻大不相同，深邃得讓人動容。

譬如，晴明談起若菜生前的事的時候。

譬如，成親老說很怕老婆，但說起老婆的事，眼神就變得很溫柔。

只要想起很多重要的人當中，最特別的那個人，眼神再怎麼偽裝，都會流露真實的情感。

那個人無可取代。那個人換成其他人就毫無意義了。除了那個人，其他人都一樣。

昌浩見過他們的眼神。

昌浩也有跟他們一樣的情感。

啊，原來如此。

原來是這麼回事。

昌浩莫名地想哭。

他不能跟螢結婚。因為跟某人之外的人結婚，都毫無意義。

為什麼毫無意義？因為沒有其他人可以取代某人。

就像天一跟朱雀那樣；就像六合跟風音那樣。

螢是神祓眾首領的直系，生下有天狐之血的孩子，是她被賦予的義務。她的現影夕霧，不能成為她的丈夫。

立場不同。任務不同。現影夕霧沒有那種資格。

對，沒有資格。

身分的差距，家世的差距，大到無法彌補。

螢都明白，非常明白。

儘管如此，在什麼都不用想的期間，還是很幸福，她只希望可以這樣永遠持續下去。

大腿陣陣悶痛，手腕、手肘的骨頭也嘎吱嘎吱傾軋作響。

這是成長的證據。隨著時間流逝，孩子的時期就快結束了。

當孩子的時間，即將結束。

有些事因為是孩子所以可以原諒；有些事因為是孩子所以可以不去面對。

這些事都逼近眼前了。

昌浩背對著神將們，把身體蜷成一團。

他一直想長高，一直想變得有力量。

現在快達成願望了，卻必須失去什麼做為交換。

身體疼痛與骨頭傾軋等成長的現象，是時限將至的徵兆。

昌浩在外褂下咬住了嘴唇。

至今以來，他受過很多傷，經歷過許許多多的疼痛。

然而現在折磨著他的疼痛，比之前那些都深沉、都凝重。

而且更難熬。

◇　◇　◇

昌浩昏昏沉沉地醒過來。

好痛。

頭劇烈疼痛，就像好幾個聲音洪亮的大鐘，被雜亂地敲響。

「…………」

他慢慢坐起來，用來把頭髮綁在脖子後面的繩子鬆開了。

頭髮垂落在臉上已經夠煩了，頭又劇烈頭痛，使得思考散漫。

他抱著頭低聲呻吟。連呻吟聲都貫穿腦際，讓他全身動彈不得。

「早……昌浩？」
小怪看到從外褂爬出來的昌浩，疑惑地皺起了眉頭。
「你怎麼了？」
昌浩用慢動作望向小怪。
「……頭……」
他想說頭好痛，可是聲音嘶啞，發不出來。
喉嚨用力硬擠，也擠不出聲音，反而引發嚴重咳嗽，咳個不停。
喀喀喀的猛爆性咳嗽持續不斷，把他震得頭昏眼花。
「讓我看看。」
勾陣伸手摸他的額頭，一摸就知道發燒了。
聲音出不來、咳嗽、發燒，肯定就是那麼回事了。
「感冒了？」
小怪用右前腳按住額頭，繃起了臉。勾陣嘆口氣，點點頭。
「也難怪啦，昨天那麼冷，到這裡又整個人放鬆了。」
把同行的螢帶到安全的地方，昌浩多少鬆了一口氣。放下肩上重擔，疲勞就突然湧上來了。

「勾，去告訴螢，準備一些湯藥或什麼……」

「知道了。等我哦，昌浩。」

勾陣這麼回應，走入了大雪中。

昌浩邊咳邊目送她離開。

「唔……」

喉嚨痛到連吞口水都困難。

小怪讓頭痛、臉色蒼白的昌浩躺下來，看他咳得那麼難過，就用後腳搖搖晃晃走向面對庭院的木門，把門稍微拉開一些，讓空氣流通。

從大約三寸的縫隙，吹進刺骨的寒風。

臉吹到冷風的昌浩，微微張開眼睛，發出低吟聲。

小怪甩甩白色耳朵說：

「看你的表情是想說很冷，我知道，可是忍耐一下，不把夜間的空氣趕出去，反而對身體不好。」

眯著眼睛、甩著尾巴的小怪，嘆了一口氣。從它旁邊敞開的小縫可以看到門外，昌浩看得猛眨眼睛。

「……啊……」

小怪察覺昌浩在看什麼，點點頭說：

「昨天下的。」

外面一片銀色的世界。

颼颼狂吹的風已經靜止，被堆積的雪壓彎的竹子，強忍著雪的重量。

雪吸走了所有的聲音，外面靜得出奇。

反倒是自己喉嚨的咻咻聲成了雜音，昌浩儘可能安靜地呼吸。小怪看出他這樣的努力，苦笑著伸出右前腳，要關上木門。

「……不要關……就這樣開著……」

昌浩發出呢喃般的聲音要求，小怪甩甩耳朵想了一下。

它看看雪景，再看看昌浩，決定尊重昌浩的意思。

為了讓昌浩看得清楚，它把木門全開了。然後用兩隻腳蹦蹦跳跳走向昌浩，幫他把外褂拉上來，這樣脖子才不會冷。

「太冷的話，我還是可以當你的溫石，雖然我很不想那麼做。」

小怪說得很不情願，把昌浩逗笑了。

他做出「放心吧」的嘴形，把視線轉向雪景。

天空覆蓋著厚厚的雲層。仔細看，會發現白花般的細雪還紛紛飄落著。

昌浩像看著什麼耀眼的東西，瞇起了眼睛。

這是今年冬天最初的積雪。他想起很久以前，在某個場合聽說過，播磨山中會積很深的雪。

這裡真的是離京城十分遙遠的地方呢。

京城在離這裡很遠、很遠的東方，昌浩從那裡千里迢迢來到了這裡。

他怕又咳起來，便小心呼吸，再慢慢地張開了嘴巴。

「小怪……」

用幾乎不成聲的嘶啞聲音叫喚後，他閉上了眼睛。

「怎麼了？」

「……夢……」

他作了夢。

可能是睡前想著太多抑鬱、悲傷的事，才剛入睡就作了很討厭的夢。

夢境有些遙遠，又不夠鮮明，幾乎不記得是什麼樣的內容，只記得是很討厭的夢，所以是惡夢。

昌浩好不容易才把這件事說完，小怪露出深思的眼神。

夕陽色的眼眸閃爍了一下。

「昨晚是滿月，你又很累，作惡夢也不稀奇。」

初一、十五的日子，都很容易做惡夢。

小怪忽然眨個眼說：

「對了，聽說滿月時還很容易生下孩子呢。」

昌浩赫然張大了眼睛。

十二月已經過了一半，該進入產期了。

昌浩遙望雪的彼方，瞇起眼睛。

被認定是受到詛咒的皇后定子，以預產期來看，應該快生了。

他想起為了祈禱母親平安無事，而去了伊勢的內親王的幼小臉龐。腦中還閃過陪內親王去伊勢的祖父，以及彰子的身影。

他們現在怎麼樣了？他被冠上罪犯的污名，下落不明的事，有沒有傳入他們耳裡呢？

在京城時，他正好把回函交給了烏鴉。下一封信還沒從伊勢送來，就發生了那件事。

他由衷感到慶幸，事情是發生在他回信之後。

因為每次他都要花很長的時間才能回信，所以即使在那之後，彰子又寫信給他，也只會苦笑，以為他是不是又絞盡腦汁寫不出來，所以沒回信。

昌浩希望她能這麼想，能想多久就想多久。

要不然，知道事實，她會很擔心。

等哪天所有事情都解決後，她或許會很氣為什麼不告訴她。不，一定會很氣吧？她的表情可想而知。

不管任何事，昌浩都儘可能不隱瞞她。

但也盡量不想讓她擔心，這是昌浩絕無虛假的真心話。

這兩種極端的想法都是真的，最重要的是該如何在自己心中達成妥協。

昌浩呼地喘口氣，閉上眼睛。

對不起，沒告訴妳。事後我會鄭重向妳道歉，或許妳不會原諒我，但我也只能這麼做了。

頭痛與倦怠感，讓他的思考逐漸模糊。

他作了夢，是怎麼樣的夢呢？

對了，詛咒呢？皇后的詛咒怎麼樣了？

啊，夢裡有被疫鬼纏身的大哥，還有二哥送他離開時的最後表情。

有人在呼喚他。好懷念的聲音。

浮現眼底的是，擔心他的祖父與彰子的身影。

他好像看到他們後面有公主的背影。
就是現在待在伊勢齋宮寮的脩子。
公主的背影劇烈顫抖著。
還發出歇斯底里的慘叫聲——。

螢端著托盤，上面擺著盛湯藥的碗。當她和勾陣一起過去時，昌浩已經睡昏過去了。
「情況怎麼樣？」
昌浩的臉色蒼白、呼吸十分急促。螢看著他的臉問，小怪嗯哼沉吟，歪著頭說：
「頭痛、咳嗽都很嚴重，還發高燒。」
螢按著後腦勺說：
「是感冒吧？希望不是我傳染給他的……」
「不可能吧，都過這麼久了。」
坐在昌浩旁邊的勾陣插嘴說，螢溫順地點點頭。
「嗯，但願不是，那種感冒真的很痛苦。」
她昏睡了半個多月，那幾天喉嚨痛到連水都不太能喝。
都過這麼久了，昌浩的感冒不可能跟螢有關係。不過，也難怪螢會那麼想。

「他是因為太疲憊，昨天晚上又受寒，長途旅行也消耗太多體力，妳不要想太多。」

小怪裝模作樣地甩甩耳朵，又接著說：

「他昨天還作了惡夢，那也會消耗氣力和體力。」

「哦，是嗎？因為昨天晚上是滿月。」

螢恍然大悟地點點頭。

「我也作了不好的夢，直到早上都有點不祥的預感。」

小怪和勾陣都很在意她的話，皺起了眉頭。

「不祥的預感？」

勾陣反問，螢露出憂慮的眼神說：

「這個祕密村落有結界守護，所以我很少會這樣。而且，今天早上的夢不太尋常，是夢卻又不是夢……」

「陰陽師的夢嗎？」

神情嚴肅的小怪，扭頭看著昌浩。

那麼，昌浩的身體出狀況，很可能不只是因為疲憊。

胸口一陣冰涼，三個人都沉默下來。

小怪腦中閃過昨天看到的步障雲。

「對了……」

「嗯？」

小怪起了個頭，勾陣也回應了，小怪卻又覺得不該說。

「沒……沒什麼。」

勾陣看它的樣子不太對勁，但沒有繼續追問，只喃喃回了一聲「哦」。

昏睡的昌浩，忽然從嘴巴溢出嘶啞的呢喃聲。

「……啊……」

螢眨眨眼睛，把耳朵湊到昌浩嘴邊。

時而聽見時而聽不見的微弱呢喃，重複著相同的發音。

「……」

可能是頭痛的關係，昌浩眉間擠出深深的皺紋。熱度也可能又上升了，額頭冒著涔涔汗水。

那是夢囈。

定睛注視著昌浩的螢，平靜地開口了。

「呃……」

小怪和勾陣都無言地瞥她一眼。她欲言又止地看著他們，然後徹底想透了什麼事似

的，垂下了眼皮說：

「可以問一件事嗎？」

小怪挺起胸膛，面對螢的發問。

神祓眾的女孩，對以白色變形怪現身的十二神將中最強的鬥將說：

「既然你不想讓神祓眾知道你真正的身分，我最好也不要叫你的名字吧？那麼，我是不是也可以跟昌浩一樣，叫你怪物小怪呢？」

看到小怪和勾陣聽完話的表情，螢覺得計謀得逞。

小怪張大嘴巴，啞口無言。

出乎意料，整個人呆住的勾陣，久久才開口說：

「妳……果然有那個男人的遺傳。」

螢開心地笑著說：「還好啦。」

6

待宵月的早晨。

那兩道雲也出現在京城的天空。

夾著快沉落的月亮，由東往西延伸，好似把天空切成了兩半。

細細長長。

步障雲。

那是送葬隊伍的徵兆。

◇ ◇ ◇

——……裡……

◇ ◇ ◇

藤原莫名覺得心驚肉跳，天還沒完全亮就醒了。

他坐起來，發現自己汗水淋漓，全身都溼了。

冬天晚上，很難想像會熱到出汗。

心跳比平時快，怦怦跳動的聲音在耳裡鳴響，聽起來很吵。行成做個深呼吸，從床舖爬起來。

他拍拍手，叫喚侍女。現在還是黑夜時分，侍女隨便穿件衣服就跑來了。

「大人，有什麼事嗎？」

「我流了一身汗，很不舒服，替我拿乾淨的衣服來，還有熱食。」

交代侍女後，行成不經意地走到外廊，仰望天空。

從月亮的位置，可以知道大約的時刻。

他想起剛才作了很討厭的夢。東方天際稍微改變了色彩，但夜晚的氣息還十分濃厚。

行成有不祥的感覺。聽說天將亮時作的夢，很可能成真。究竟是怎麼樣的夢，已經記不清楚了，但光是試著回想就會全身起雞皮疙瘩。

他唸完三次驅逐惡夢的咒語，抬頭尋找月亮，看到灰色的線劃過天空。

那是由東往西直直延伸的兩道雲。

他的心狂跳起來。

背脊一陣戰慄。
那是？
「……步障……」
心臟撲通撲通跳得更快了。
黑夜還覆蓋著西邊天空。快沉入山頭的待宵月，擺出依依不捨的姿態。兩道雲夾住灰白的月亮，好似要把月亮拖向山的那一邊。
心臟怦怦狂跳。
月亮是皇后。步障夾著皇后，往遙不可及的地方揚長而去。
「……唔！」
行成不由得往後退，一個踉蹌，整個人靠在格子板門上。要是沒有格子板門，他就癱坐下來了。
他無法再直視待宵月，撇開了視線。心臟撲通撲通跳得異常，手腳末梢因為寒冷之外的原因，急速變得冰冷。聽見拿乾淨衣服來的侍女發出驚叫聲，呆呆靠在格子板門上的行成才倒抽了一口氣。
他回過神來，戰戰兢兢地望向西邊天空。
待宵月沉落了。夾著月亮的兩道雲也消失了蹤影。

一如往常，在工作鐘聲響起前就來到陰陽寮的藤原敏次，心情看起來非常不好，他難得表現得這麼露骨。

「敏次，你怎麼了？」

「什麼怎麼了？」

同袍看他滿臉疑惑，都顯得很驚訝，心想他居然沒自覺，太稀奇了。

被點醒的敏次，露出一張苦瓜臉，啪唏啪唏拍著自己的臉頰。

同袍還說他眉間有好幾條皺紋，所以他用手指努力扳開眉頭。可是這麼做時，臉色還是很苦悶，同袍都問他到底怎麼了，反而更擔心他了。

「沒什麼，只是作了惡夢，真的。」

他對擔心他的同袍表示謝意時，響起了鐘聲，大家都各自回座工作了。

在紙上寫字的敏次，表情嚴肅，陷入了自己的沉思中。

聽見啪答一聲，他才回過神來。墨水滴在紙張的空白部分，形成歪七扭八的黑點。

敏次嘆口氣，換了一張紙。

可是沒多久又陷入沉思中，墨水滴落，那張還是毀了。

這樣反反覆覆好幾次，敏次發出不耐煩的沉重嘆息聲，對同袍說要去整理書庫，就

走出了陰陽部。

總之，他就是想放空，專注做某件單純的工作。否則，他怕自己會開始思考很可怕的事。

他作了夢，是個惡夢，內容記不得了。

那個夢可怕到想不起來。人作太可怕的夢，就不會記得。

可是，大腦記不得，身體卻記得。覺得害怕的身體，會心跳加速、緊張得直冒汗，四肢末梢會冷得像冰一樣。

有股力量驅使他走到外廊，仰望天空。

眼前還是昏暗的夜空。東邊天空已經稍微改變了顏色，西邊天空卻還籠罩在夜色裡。即將落入山頭的月亮是待宵月。

啊，今晚是滿月呢，他才剛這麼想，就發現兩道雲夾著月亮。

他屏住了氣息，清楚聽見全身血色唰地不見了。

他覺得有點暈眩，就那樣坐下來了。

外面很冷，外廊也冷得像冰一樣，他卻毫無感覺，被遠遠超越寒冷的重大打擊擊潰了。

在整理書庫時，看到六壬式盤，他全身都緊繃了起來。

前幾天，他焦慮、憤怒之餘，用這個式盤做了占卜。結果有詛咒。

此外，還有占卜之外的預感，閃過胸口。

那天他對行成說的話，在他耳邊響起。

——公主與皇子的母親，也就是將來的國母……

自己的聲音如回音般繚繞不斷。

敏次聽著這句話，心涼了半截，胸口好像壓著塊大石頭。

將來的國母——真的嗎？

當時浮現的奇怪預感，正一刻刻膨脹起來，慢慢削減了敏次的氣力。

書從指間滑落到地上。敏次被啪沙聲響驚醒，全身戰慄。

低頭一看，指尖微微顫抖著。

「糟糕……手都凍僵了……」

敏次用力甩甩頭，告訴自己：

今天早上的惡夢，只是一般惡夢。是滿月時很容易作惡夢。

那兩道雲，只是一般的雲，湊巧兩道細細長長地延伸而已。

好像看到月亮被夾在兩道雲間，只是因為不希望發生那種事，反而造成了那種幻覺。

對，一定是這樣。越想消除心中的不安與恐懼，就會越不安、越恐懼。被這樣的情感牽著走，就看不到正確方向，心會漸漸被困住。

「清醒啊，敏次！」

他激勵自己，做了個深呼吸，把臉朝上，開始唸神咒。

「驅邪、淨化！」

驅逐不安帶來的邪惡，淨化因恐懼而黯淡的心。

他反覆唸三次後，繼續在心中默唸祓詞。祝詞是傳達給神明的言語，不能唸錯，不能失誤。既然是稟奏神明，就沒有時間想不必要的事。

離開書庫後，敏次也一直在心中唸著祓詞。可是心情還是有些動搖，中途換成了大祓詞⑤。這首祝詞很長，要全神貫注才不會唸錯。

他的表情很嚇人，邊暗自背誦著祝詞，邊努力工作、讀書，那模樣就像一把出鞘的利刃。因為傾注全力把持住自己，敏次到傍晚前都沒發現，宮中所有人說話的語氣都莫名的粗暴。

到差不多該回家的時間，他才稍微放鬆。身、心都比平常疲憊的他，在渡殿休息喘口氣時才發現這件事。暴躁、帶刺的對話傳入他耳裡。

他轉頭看怎麼回事，看到中務省與民部省的官吏正吵得不可開交。

他們的語氣越來越激動，好像快扭打起來了，情況十分危急。

正好經過的武官介入協調，也被推開，聲音更火爆了。

好心勸架的武官，勃然色變，怒罵中務省的官吏。結果官吏們都把矛頭轉向武官，嚴厲反擊。

其他官吏聽到吵鬧聲也跑過來，圍著那些人興奮地鼓譟起來。

冷風黏答答地吹著。不是普通冷。沁入肌膚深處，凍徹骨髓的寒冷，在皇宮裡逐漸擴散。敏次打了個寒顫，有種言語無法形容的預感。

「奇怪……」

喃喃說到一半，全身就豎起了雞皮疙瘩。

◇　◇　◇

——……哪……裡……

◇　◇　◇

服侍女院詮子的資深侍女，在太陽快下山時，來通報左大臣藤原道長。

冬天的黃昏來得比較早。已經過了冬至，今後的天氣只會更冷。

侍女說道長的姊姊詮子，早晨突然暈眩倒下來，就一直躺在床上了。

前幾天，詮子幫道長製造了跟皇上說話的機會，對道長有恩。道長取消所有行程，趕去看姊姊。

身為皇上的生母，被稱為皇太后的詮子，住在東三条的府邸。

道長來訪，府裡的人立刻帶他去見女院。

在女院床邊跪坐下來的道長，邊說著慰問的話邊看著姊姊。

女院臉色蒼白，眼睛有黑眼圈。

「妳們怎麼把女院照顧成這樣！」

道長斥責隨侍在側的侍女們。侍女們俯首認罪，把身體縮成一團，等待道長平息怒氣。躺在床上的女院，用虛弱的聲音責怪怒氣不消的道長。

「道長大人……消消怒氣吧……」

「可是，女院……」

「她們……把我服侍得很好……不要怪她們……」

女院本人都這麼說了，道長只能退讓。

高居這個國家最頂端地位的藤原家族首領，也有不能抗拒的人。

他可以坐上攝政的位子，都要感謝這個姊姊。同時，這個姊姊也是他用來應付皇上的王牌。

至高地位的皇上，最怕母親。只要搬出女院的名字，皇上就非聽話不可。

「真是的……我只是有點頭暈而已……你們太小題大做了……」

詮子深深嘆口氣，很受不了他們的樣子。道長對強裝沒事的姊姊說：

「可是，女院，我聽說妳從幾天前就有些鬱悶，很容易疲倦，最好聽藥師的話，休養一段日子。」

被姊姊狠狠瞪視，他苦笑著說：

「姊姊，妳要健健康康才行，要不然，不只我跟皇上，連人民都會很難過。」

詮子細瞇起眼睛，嘆口氣無奈地說：

「被你這麼一說，我不聽話都不行呢。」

「是的，姊姊從以前就疼我。這個世界再大，也只有我敢利用姊姊的弱點。」

「你這孩子……」

女院的語調帶點怒氣，眼睛卻笑瞇瞇的。她寵愛弟弟是眾所皆知的事。

可能是有點頭疼，女院按住了額頭。

「不舒服嗎？」

「沒事……」

詮子逞強地這麼說，臉色卻更加慘白了。

「叫藥師來。還有，去稟報皇上。」

皇上接到通報，應該會馬上派御醫來。御醫丹波是個能力很強的男人，比誰都值得信賴。所以，皇上才會派丹波去治療被直丁刺殺的藤原公任。

直丁安倍昌浩至今下落不明。

藤原道長曾經看好安倍昌浩，對他有所期待。他不相信那個磊落直率的男孩會殺害公任，卻又找不到證據幫他脫罪。

氣到沒理智的皇上，要罷免三名博士，被道長阻止。這件事可能也讓皇上懷恨在心。

彰子偽裝身分，陪同內親王去伊勢，現在想來是件好事。

待在安倍家，說不定會受到牽連。

這種時候，也幸好安倍晴明不在家。不管皇上怎麼想，他最鍾愛的女兒脩子都知道，晴明與這件事無關。

對定子太過深情而被蒙蔽雙眼的皇上，應該也還不至於懷疑脩子說的話。

晴明來信通知道長，伊勢的事都辦妥了。等過完年後，宮裡的活動儀式告一段落，就會回京城。

再過一個月左右，一行人就要回來了。
以現在的情況來看，把彰子放在安倍家很危險。道長絕對不能讓她的身分曝光，更不能讓她被捲入這件事。
可是彰子需要陰陽師，道長必須先解決這件事。
他要找晴明商量。
陷入沉思的道長，察覺有人站在他旁邊。
他抬頭一看，是侍奉女院的前典侍⑥。
「前典侍，有什麼……」
道長說到一半就停住了。
呆呆佇立的前典侍，彷如遙望著遠方某處，直視前方，凝然不動。這樣的她，突然把視線移到道長身上，眼神微露寒光。
「………」
道長無意識地後退。
「啊啊啊啊啊啊！」
剎那間，前典侍慢慢大叫起來，抓住了道長。
前典侍是個高齡的女人，卻把道長一個大男人鎮壓住，還邊鬼吼鬼叫，邊把手伸向

道長的脖子。
突發性的行兇，把詮子嚇得大叫。隨侍在側的侍女們都驚慌失色，四處逃竄，撞倒了屏風、帷幔。
總管和雜役聽見非比尋常的叫聲，趕來察看怎麼回事，看到前典侍騎坐在拚命掙扎的道長身上，大吃一驚。
「前典侍，妳在做什麼……！」
雜役從後面抓住她的雙臂，試圖把她拖走。她把雜役推倒，發出瘋狂的粗野笑聲。
「咿……！」
毛骨悚然的侍女，邊發抖邊屏住氣息。
前典侍是個沉穩、嫻靜的女性。說話聲音輕柔，聽起來溫和婉約。
不是這種男人般的粗獷聲音。
「是妖怪……！」
稍後趕來的雜役們，幾個人合力把前典侍從道長身上拉開。道長按著喉嚨，劇烈咳嗽。
「道長……道長大人……」
女院嚇得氣喘吁吁，道長勉強振作起來，告訴她沒事了，扭頭看前典侍。

瞪視著道長的前典侍，繼續發出意義不明的叫聲。那個聲音有點熟悉。

吹起了風。吹起了黏答答、冷入胸口、冷徹骨髓的風。吹起了連心底都被凍得冷冽清澄的風。

顫抖的侍女彷彿聽見有人在某處嘻嘻嗤笑著。

那聲音低沉、恐怖、陰森。

忽然，她全身僵硬。

有東西碰觸她的脖子。

明明看不到任何東西、任何人，那種感覺卻很真實。

她不由得尖叫起來。

◇　◇　◇

——……在……哪……裡……

◇　◇　◇

皇后定子躺在竹三条宮的病床上，覺得呼吸困難，醒了過來。

在她沉睡中，太陽逐漸西斜，暮色覆蓋了世界。

她作了夢。

夢見待在賀茂的脩子的背影。她顫抖著肩膀，發出哀號般的聲音哭泣著。悲痛的聲音緊緊揪住了定子的心，很想靠過去抱住她，身體卻不聽使喚。

「公……主……」

她是不是很悲傷呢？她什麼時候才會回到我身邊呢？

她笑著說她要去向神祈禱，讓我的病趕快好起來。

啊，對了，我不好起來的話，那孩子就永遠不能回到這裡。

定子這麼想，一行淚水從她緊閉的眼睛流出來。

啊，對了。再也見不到那孩子了。

定子很自然地這麼想，她有這樣的預感。

所以那天她緊緊握住了女兒的手，不想讓女兒就那樣離開。

她想起女兒脩子在侍女們千叮嚀萬叮嚀下，依依不捨離去的背影。

她知道她會後悔一輩子。

後悔不該放開那雙手。
明明有預感不可能再見面，為什麼要放開呢？
那孩子在夢裡哭泣著。定子多麼希望，起碼可以在夢裡……
淚水嘩啦嘩啦地流下來，她用雙手掩住了臉。
「……公……主……」
吹起了風。

——在……哪……裡……

不知道哪裡的門敞開了。是誰忘了關嗎？侍女們都很小心照顧懷孕又生病的她，應該很注意這些細節，怎麼會忘了呢？
風撫吹過定子淚溼的臉，然後從外褂輕盈地滑過。
快到預產期的肚子又大又凸，侍女們都竊竊私語說，差不多該出現生產的徵兆了。
風碰到外褂凸起的地方，猛然顫動起來。
就在這時候，沉重、渾厚、冰冷的低吟聲，鑽進了定子的耳裡。
她的心臟不自然地狂跳起來。

——……了……

冰冷的風，冷得快要把心臟、身體、生命都凍結了。

風滑過地面，衝上外廊，打開板門，吹倒帷幔、屏風，逼向定子。

就在心臟怦然跳起的同時，她覺得肚子裡的孩子恐懼地顫抖起來。

她全身寒毛直豎。

眼皮底下的眼眸佈滿血絲。

——……找到了……！

「唔……！」

定子的身體往後弓起。一股衝擊襲向她，像是要把她頂起來。她發出不成聲的慘叫，劇烈喘息，扭動身體。

侍女們聽見屏風倒下來的聲音，都趕過來察看狀況。

看到定子痛苦掙扎，侍女們都臉色發白。

「皇后殿下！」

「要分娩了！」

「快送到產房！」

小怪的陰陽講座

⑤大祓詞：大祓是六月底、十二月底舉辦的祭神儀式，從親王到所有京城百官都要聚集在朱雀門前的廣場，淨化人民的罪與不祥，大祓詞是在儀式中唸的祝詞。

⑥前典侍：典侍是後宮十二司之一的內侍司的次官。

7

◇　◇　◇

漫漫長夜開始了。

◇　◇　◇

躺在床上睡得昏沉沉的安倍成親，覺得有個冰冷的東西從腳底窸窸窣窣往上爬，打了個寒顫。

他猛然張開眼睛。

坐在旁邊的十二神將天一，看到他的呼吸突然變得急促，驚慌失措地盯著他。

「成親大人，你怎麼樣了？」

天一急躁地詢問，幫成親從床上坐起來。

「天一，我想出去。」

「不行，對你的身體不好。」

「別說那麼多，快點！」

成親的表情和語氣都很急迫，不像是在耍性子，天一猶豫了一下。

這時候，發現有狀況的十二神將朱雀現身了。

「怎麼了？天貴。成親，你說了什麼，為難我的天貴？」

「啊，朱雀也行，我要出去看天空。」

「天空？」

朱雀的眼睛泛起憂慮的神色。

陰陽寮的天文博士吉昌、天文生昌親，都發現今天清晨有步障雲橫越天空，臉色發白，啞然失言。

但是他們都沒有告訴被疫鬼入侵，體力、靈力因此逐漸衰弱的成親。

焦急的成親，察覺緊繃著臉看著自己的神將們都沒有意思幫他，便靠自己的力量爬出床鋪，搖搖晃晃地站起來，只穿著薄薄的單衣走向外廊。

他光著腳，踉踉蹌蹌地走到冰冷的外廊，憑靠著高欄，抬起頭。

夕陽照滿天。

安倍家的庭院只見褪色的枯草，與樹枝凋落的樹木林立，已經換上了冬裝。

吹起幾乎讓人凍結的冷風，瞬間掃過震顫的枯草。成親在刺骨的寒氣中發抖，低聲沉吟。

「風……」

有問題。

這道風會煽動不安和恐懼，攪亂人心。

成親不寒而慄，感覺沉睡在喉嚨深處的疫鬼，又蠢蠢蠕動了起來。

他心臟撲通撲通狂跳，呼吸困難，身體失衡，膝蓋無力地彎下來。

天一倒抽一口氣，大驚失色，跑向癱坐在地上的成親。

「成親大人，進去吧……」

這時候，嘎啦嘎啦的車輪聲逐漸靠近。從車輪的動靜，可以知道車子就停在成親正對面的牆外。

神將們疑惑地往那邊看，跳出了幾個小小的身影。

「喂——」

「喂——」

住在京城的小妖們，蹦蹦跳起來又掉下去，還拚命揮著手。

看見它們就一肚子氣的朱雀，發出威嚇的咆哮聲說：

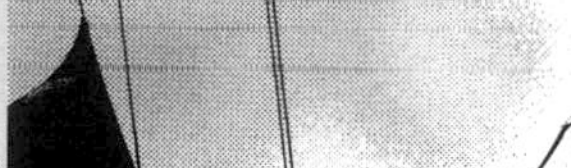

「現在沒空理你們，快滾。」
降落在牆上的小妖們非常不滿，對語氣嚴厲的朱雀大發牢騷。
「幹嘛這樣啦。」
「是車子委託我們來報訊的啊。」
「對、對，因為安倍家的人，現在就像被困在陸上的孤島。」
這種說法，不只朱雀，連天一都被惹毛了。
被神將們犀利的眼神一瞪，態度強硬的小妖們也退縮了。
「幹、幹嘛啊，你們很奇怪耶。」
「這點小事就生氣，可見你們的心情很不好哦。」
「連那位神將的表情都那麼可怕，還是第一次見到呢。」
小妖們的反應，讓天一大吃一驚，雙手托著臉，疑惑地嘟噥：
「咦……是說我嗎？」
她抬起頭，想問朱雀，沒想到朱雀的表情也很訝異。
「嗯……？」
吹起了風。
朱雀察覺有異，成親突然抓住他的手，喃喃說著：

「結界……」

「成親？」

「加強天空的結界。」成親喘得肩膀顫動，橫眉豎目地說：「快，快去加強，這道風有問題。」

朱雀與天一面面相覷。天一被成親的氣勢壓倒，趕緊轉身去辦。

靠朱雀攙扶才勉強站起來的成親，問小妖們：

「有什麼事？」

面容憔悴，臉頰消瘦的成親，看起來比平常更兇悍。小妖們被他炯炯發亮的眼神嚇得直發抖，看到從裡面走出來的救主，發出了歡呼聲。

「啊，昌親！」

聽到吵鬧聲跑過來的昌親，看到哥哥只穿著一件單衣，扶著朱雀的肩膀，站在外廊上，大驚失色。

「哥哥！你在幹什麼？」

成親吃力地回過頭，他的眼神把弟弟也懾服了。

「唔……」

昌親說不出話來，成親翹起下巴，無言地指示他看天空。昌親依照指示，疑惑地走到外廊，抬頭看天空。

吹起了風。昌親全身起雞皮疙瘩，彷彿有數千、數萬隻冰蟲，在皮膚下面爬來爬去，整個人顫抖起來。

「這是……」

朱雀忽然眨了眨眼睛。

「……這風……」

他知道這道風，他經歷過。

這道風以前也吹過京城。在京城狂風大作，然後——。

朱雀的心狂跳起來。

看到火將的臉色驟變，成親和昌親的表情都更緊張了。

朱雀摀住了嘴巴。

「難道是……」

他的低喃聲，與遠處某人的嗤笑聲交疊，鑽進了成親他們的耳裡。

那聲音不是靠聽覺傳遞。那是沒有聲音的聲音，有靈力的人才聽得見。那是沒有實體的聲音，有靈視能力的人才感覺得到。

小妖們看他們的樣子不尋常，靠在一起吱吱喳喳交頭接耳，結論是最好不要在這裡待太久。

「喂。」

「幹嘛？」

成親對畏畏縮縮的小妖低吼，小妖不高興地垮著臉說：

「住在竹三条宮的皇后要分娩了。」

這可把成親和昌親都嚇壞了。

「什麼？」

小妖對瞪大眼睛的兩人猛點頭，指著竹三条宮的方向說：

「傍晚時開始陣痛，很多僧都和陰陽師都被叫去了。」

「一開始祈禱，我們就逃跑了。」

即便是無害的小妖，待在舉辦驅邪淨化儀式的地方，還是會被收服。

安置好的產房，裡面都是穿著白色衣服的女人。房間四周坐著一排排的僧都、陰陽師，有人誦經、有人祈禱、有人焚燒護符木、有人點香，皇后躺在白色屏風前的白色床鋪上。

「我們待到僧都開始誦經之前，看到皇后好像很痛苦。」

有隻小妖這麼說，其他小妖都點著頭嗯嗯應和。

跟生產前那種陣痛的痛苦不太一樣，好像是忍受著其他的折磨。

吹起了風。

吹向了小妖們所指的竹三条宮。

「還有，聽說皇宮也不太對勁。」

小妖仰起頭，在記憶裡搜尋著這件事，朱雀訝異地偏著頭問：

「怎麼樣不對勁？」

「聽說人們都特別心浮氣躁，到處發生爭吵，還有……」

「呃，那個誰在東三条的府邸，出了事情，好像是當今皇上的母親住的地方吧。」

當今皇上的母親，就是皇太后詮子。

「大概就是這些事了。再見啦，有什麼消息再告訴你們。」

小妖們揮揮手，骨碌轉過身去。

「喂，車子，送我們回去吧。」

「我們可不想走在這樣的風裡。」

「像上次那樣，讓我們進去吧。」

朱雀看著它們蹦蹦往下跳，消失不見。他覺得心臟跳得不太尋常。

就在小妖們消失的同時，十二神將天空也增加了佈設在安倍家周圍的結界強度。

小妖們說的「像上次那樣」，毋庸置疑，就是指春天發生的黃泉風穴事件。

「我想起來了……」

呼吸困難的成親喃喃說道：

「這道風……跟當時我和昌浩不得不去出雲時的風一樣。」

那時候發生了什麼事，昌浩在出雲時都告訴他了，包括黃泉瘴穴的事、是誰召來了吹向京城的風、還有那時候發生的事。

鑿穿瘴穴的是內親王脩子。她是皇上的女兒、天照的後裔。棲宿在根之國底下的黃泉之鬼，最畏懼的應該就是照耀人間的天照大神的血脈。

敵人反過來利用孩子思慕母親的純真感情，是成親最厭惡的惡劣手段。

脩子目前在伊勢的齋宮寮，代替齋王執行任務。祖父陪伴同行，也在伊勢住了很長的時間。聽昌浩說，年幼的內親王是天照大神的分身靈。

成親不禁讚嘆，難怪她有鑿穿瘴穴的能力。

天照大御神是太陽神。當太陽神的加護從人間消失時，風就會增強，這是很合理的事。

風越來越強。成親聽見風中還隱約夾雜著哄笑聲，嘖了嘖舌。

那是嘻嘻嗤笑的聲音。一般人不會察覺。然而，那個聽不見的聲音，會嚴重侵蝕人心，形成負面感情。

小妖們說到處發生爭吵，原因就是這個嗤笑聲，煽動了不安和焦躁。不安會招來恐懼，恐懼會招來黑暗。存在於黑暗中的魔性，會讓人心瘋狂、墮落。

皇上是天照的後裔，他的心被不安困住了、迷惑了。要不是皇上的心產生動搖，吹起這種風，也還不至於發生什麼事。

倘若天照的分身靈脩子在京城，即便皇上委靡成這樣，應該也不會落到這種地步——。

「…………！」

斜睨著結界外的成親，赫然倒抽了一口氣。

「詛咒……」

「哥哥？」

成親沒有回應訝異的昌親，瞪大眼睛望著皇宮的方向。

藤原敏次寫下來的式盤卦象，顯示有詛咒。

皇后定子要分娩了。依小妖們的判斷，定子的痛苦非比尋常，好像是忍受著其他折磨。皇后的病是來自詛咒。所以，她的痛苦十之八九是詛咒造成的。

那麼，為什麼要詛咒皇后？因為皇后集皇上的寵愛於一身嗎？可是，誰能保證皇后死後，寵愛會轉向中宮呢？中宮會不會反而被當成下詛咒的人，與皇上越來越疏遠呢？

那麼，為什麼要詛咒皇后？因為只有她生下了皇上的孩子嗎？她已經有了公主、皇子，還有即將誕生的孩子。是為了讓她不能再生嗎？

成親的心臟怦怦狂跳著。

皇上的心動搖、迷惑，讓不安有機可乘，召來了風，吹進京城。

脩子還在伊勢，不在京城。有天照在，黃泉之鬼就不可能混進人間。

天照大御神是女神。繼承皇上血脈的女性，體內棲宿著天照大御神的分身靈，而當今皇上只有一個女兒。

到目前為止。

以後是不是只有一個，就要看定子肚子裡的孩子是不是公主。

心臟撲通撲通跳動，胸口逐漸冰冷。

詛咒皇后的真正原因是——。

「假如……肚子裡的孩子的生命，跟皇后一起消失了……」

成親失去血色的肌膚，更蒼白得像張白紙了。

皇后懷孕後，身體狀況不太好，生病後就很少起床了。隨著時間流逝，她的身體越來越虛弱，最後從皇宮搬到了竹三条宮。

因為她知道自己的日子已經不多了。

定子的生命不長。種種的不幸削去了她的精力與壽命，虛弱到不知道能不能撐到這次的生產。

沒錯，大可不必下詛咒，只要在一旁等待，她的生命自然會走到盡頭。

然而，現在皇后卻被下了詛咒。

「我們會不會搞錯了方向……？」

哥哥的茫然低喃，讓昌親倒抽一口氣。

他把哥哥交給神將們，跑到昌浩的房間，轉起了式盤。

敏次和吉昌都是占卜「有沒有詛咒」，以及誰下了詛咒。

有詛咒。皇后的病是因詛咒而起。但怎麼樣都卜不出術士的真面目。

他們的占卜到此為止。然而，成親找出了這之外的疑問。

詛咒究竟是針對誰？

昌親依據哥哥的意思，開始了占卜。

式盤發出咔啦咔啦的聲音，停下來。

昌親仔細解讀式盤。顯現的卦象逐漸明朗化，昌親的臉色也越來越蒼白，身體哆嗦地顫抖起來。

詛咒的對象不是定子。

而是即將出生的肚子裡的孩子。

同時，昌親也看出了一件事。

他知道為什麼無論如何都卜不出下詛咒的術士在哪、是誰？

因為術士不在這世上，也不是人。

究竟有沒有陰陽師，可以把非人的、超越人類智慧的、從神治時代開始的怨念，顯現在人類製造的式盤上，再做解讀呢？

式盤的卦象顯示：

這樣下去，皇后將活不了多久，還會被奪走某樣的東西。

會被奪走的東西，十有八九是肚子裡的孩子。

「哥哥……！」

看到弟弟哭喪著臉跑回來，成親斥責他說：

「笨蛋，不要發出那麼窩囊的聲音。」

然而，強裝沒事的成親，額頭也冒出了大粒的汗珠，聲音裡不時夾雜著喘息聲。他連站著都很困難了，只是靠意志力支撐著。

要是可以把體內的疫鬼拖出來，對事情多少會有點幫助。

危險的不只是皇后的生命。皇上的心被皇后的生死逼入了絕境。縱然平京城是四神相應之地，有種種加護，但住在裡面的人焦慮不安，還是會從內側開始崩潰瓦解。

除了他們之外，有沒有其他人發現這件事呢？如果有人也有這樣的危機感，說不定還可以避免最糟的狀況發生。或者，神將們沒有被鎖在這棟房子裡的話，也可以避免。

他們沒辦法採取行動。可是，假如神將們可以在京城來去自如，至少可以消除這道風。

成親用力地拍打高欄。

「可惡……！」

所有事都經過長時間的巧妙設計。

先把脩子和安倍晴明趕出京城，然後精心策劃，讓安倍家的陰陽師動彈不得、封鎖十二神將的行動、把皇上逼入絕境。

萬事具備後，再對付肚子裡的孩子。

「那麼，皇后的病……」

「是詛咒引起的。她用自己的身體，替孩子承受詛咒，那是母親的執著。」

沒錯，定子一直保護著孩子，不惜以自己的生命為賭注。

昌親雙手掩面。

「該怎麼辦呢……」

現在安倍晴明不在，昌浩也不在。主要的陰陽師都聚集在定子身邊，祈禱定子平安無事。

「…………」

成親滑下來，癱坐在外廊上，再也站不住了。

他仰望天空，閉上眼睛說：

「事到如今……」

風將遠處響起的哄笑聲，吹進了整個京城，吹進了人們的心中。

從哄笑聲的更遠處，傳來微弱的低吼聲。

「……只能求助於神明了……」

黑雲在天邊逐漸捲起漩渦。

白刃般的光芒從中間一閃而過。

在夜幕低垂時，異常焦慮的皇上，接到通報說皇后快分娩了。

「真的嗎?!那麼，定子怎麼樣了？」

來稟奏的女官被皇上逼問，也只能搖頭說：

「還不清楚……」

皇上大怒，覺得她太沒用了。

「皇上！」

侍從銳利的聲音，喚醒了皇上。他發現自己高高舉起了握著扇子的手，不禁茫然呆住了，他不知道自己要做什麼。

女官臉色蒼白全身僵硬，凝結的視線與皇上轉向她的視線交會。

皇上叫驚恐的女官退下，把人都清空，當場癱坐下來。

剛才自己是想打人嗎？再怎麼生氣，也不該那麼做。

「我、我……」

皇上覺得好可怕，哆哆嗦嗦地顫抖起來。

吹起了風。是冰冷的風。

遠處，有人在嗤笑著。遠處，有人在看著他。

好可怕的聲音。好可怕的眼睛。

這時候，遠處響起了雷聲。每天每天，到傍晚時刻就雷電交加。

雷電是鳴神。

前幾天，他決定問天意。

他不再相信任何人，也不再相信占卜。左大臣說那就問天吧，他同意了。

啪哩啪哩撕裂天空的聲音，逐漸接近皇宮。

他搖搖晃晃地走出外廊，再走下階梯。

不知何時覆蓋整片天空的黑雲，俯瞰著他。

白色光芒貫穿雲層縫隙。

皇上呆呆看著那道光芒。

雷電是鳴神，是貫穿天空的神明。

每天發狂閃電打雷的鳴神，宛如在斥責他。

那就是天意嗎？假如雷電就是天意，表示他都做錯了嗎？

那麼，什麼才是對的？哪條路才是上天的意思？

他抱著頭蹲下來。

他只求一件事，那就是定子的平安。只要所愛的定子病癒，可以再跟即將誕生的孩子、脩子、敦康一起生活，他就滿足了。

只要定子康復就好了，他別無所求。

所以他派人去追下詛咒的人。只要術士身亡，詛咒就會消失。詛咒消失，定子就會康復。他聽說是這樣，所以緊緊抓住了這絲希望，什麼都不想了。

也沒有辦法再思考任何事。

所以錯了嗎？

所以上天表示憤怒嗎？

所以定子的病治不好嗎？

所以、

所以，他……

所以，

他會失去所愛的人嗎——。

這麼做，都是為了表明不想失去的心願。中宮的眼淚、左大臣的堅持，也在在表明了他們的心願。

「……定子……定子……定子！」

皇上雙手掩面，不斷呼喚定子的名字。

他該怎麼做才對呢？怎麼做才能救定子呢？

該怎麼做呢？

該怎麼做呢？

該怎麼做呢？

——這樣吧。

耳邊突然有聲音響起。
他環視四周。
人都被他遣走了，不可能有人在。可是聲音來自很近的地方，悄悄鑽進了他的耳朵。
「有誰……在嗎？」
他留意地站起來，再環視周遭一圈，還是沒看到人。
雷聲大作，雨點滴滴答答打在他臉上。

——為了不失去。

聲音比剛才更靠近了。看不到人，只聽得見聲音。
沒有人。眼睛看不到人。但確確實實感覺得到，有什麼東西在那裡。

——拿……來替換吧。

「拿什麼來換？」

聲音被雷聲掩蓋，聽不見。

「要拿什麼、拿什麼來換？」

皇上問看不見的東西。

「只要定子可以好起來，只要定子可以回到這裡、回到我身邊，我……」

無人可以取代她，皇上願意付出任何代價來換回她。

風颳起漩渦，黏黏稠稠地纏繞著皇上，把他的心、他的身體都凍結了，用不安和恐懼蒙蔽了他所有的思考。

「請把定子……唔！」

就在他叫出聲來的剎那間。

彷彿聽見摯愛的女人的悲痛叫聲。

那個叫聲堵住了他的喉嚨，阻斷了決定性的話語。

同時，鳴神發出了更劇烈的轟隆響，從皇上眼前劃過一道閃電。

「——唔！」

皇上被閃電的衝擊力彈出去，一屁股摔在地上。

緊緊纏繞著他的風，被鳴神的咆哮擊潰，消失不見了。

——……唔！

天搖地動的轟隆聲的彼方，隱約響起了令人毛骨悚然的慘叫聲。

皇上獨自在南院發呆。

他被剛才的衝擊嚇得癱坐在地上，兩腳伸直，雙手抵在泥地上，動彈不得。

從天空滴落的雨點，瞬間增加好幾倍，伴隨著轟隆雷聲，嘩啦嘩啦下起來。

大風強雷，颳起了冬天的暴風雨。

庭院有一角被炸開，變成了黑色。燒焦破裂的皇冠掉在那裡。

那是他剛才戴在頭上的皇冠。

剛才他就是站在那個變色的地方。

他眨了眨眼睛，喃喃自語。

「……我……我……」

就像大夢初醒般，空蕩蕩的心宛如點燃了一小盞燈。

他搖搖晃晃地站起來，全身溼答答地環視周遭。

「……定子……？」

剛才，他確實聽見，正在竹三条宮忍受痛苦生產的摯愛的女人的叫聲。

在低聲呼喚定子的同時，他不禁打了個寒顫。

那個聲音是想要什麼？

自己是想回答什麼？

那個聲音說……

——拿肚子裡的孩子來換。

嘎答嘎答抖得不像樣的皇上，臉部肌肉也開始抽搐。

「我、我、我……竟然要把我的孩子……」

我竟然要拿該疼愛的人，去換心愛的人。

皇上抱著頭蹲坐下來。

太可恥、太可怕了。

左大臣、左大臣啊，我不用問也知道，根本不用問天意。

我錯了，我犯了很大的錯誤。

我竟然要把我孩子的生命，獻給來歷不明的奇怪聲音。我竟然要獻出定子不惜犧牲自己也要生下來的孩子。那是她守護在腹中、深愛的孩子啊。

不用問天也知道。天是在懲罰我。雷電是神的怒吼，要打醒過於感情用事而誤入歧途的我。我的身體差點被神劍貫穿、被砍得支離破碎。

幸好只毀了皇冠，這是神的恩惠。

「皇上……！」

全身溼透，跪坐在地上的皇上，聽到女官激動的尖叫聲，緩緩轉過頭來。

女官看到皇上全身都是泥巴雨水、皇冠掉落、鬍鬚凌亂的模樣，又嚇得慘叫起來，大驚失色。

「皇上、皇上！請快上來啊！」

其他女官聽見慘叫聲，急忙過來看怎麼回事。皇上淒慘的模樣，把她們嚇得啞然失言。

「到底發生了什麼事？」

「難道是有妖魔……」

「快叫衛兵來！鳴弦驅魔！」

「皇上，快醒醒啊……」

嚇得發抖，哭出來，驚慌失措的侍女們，妳一言我一語地說著，皇上默默地對她們搖搖頭。

四肢沉重得不像是自己的。皇上拖著這樣的四肢，臉色蒼白地望著宮殿。

這時候，閃電、雷聲依然大肆轟擊，女官們聽見啪哩啪哩撕裂天空的聲響，都嚇得縮成一團。

女官們幫皇上梳洗乾淨後，皇上又把人都遣走了。

他靠著憑几，聽著雷聲，蜷起身體，低垂著頭。雷電滯留在清涼殿上方，以聲音和亮光威嚇著他。

不時來伺候他的女官，會在退下前向他報告哪些地方又被雷擊中了。

皇上緊握著扇子，咬住嘴唇。

定子正搏命在落雷中生孩子。

他向神祈禱，保佑定子平安無事，要拿就拿走他這條愚蠢的命。

轟隆雷聲不絕於耳，雨勢滂沱。

唯獨時光，踩著悠閒的步伐，緩緩流逝。

8

入夜後，大雷雨侵襲京城。

中宮章子躲在藤壺⑦角落，全身緊繃，聽著雷聲。

打雷很可怕，就像老天爺在生氣。

噼哩啪啦的雷聲，撼動了藤壺。躲在屏風後面的侍女們，擠在一起尖叫。

章子叫她們全都退下，靜靜地閉上眼睛。

剛才有人來通報，皇后要生產了。

章子才十四歲，身體還沒成熟到可以生孩子。再說，皇上也只寵愛皇后一個人。

現在皇上甚至理都不理她了。

但是她不會想皇后最好消失不見。

以前她曾想過，沒有皇后該多好。可是那麼想也得不到什麼，只會把自己傷得更深，徒留悔恨。

所以她不會再有那樣的想法。與其憎恨他人，她寧可被他人憎恨。

可能的話，最好是不要憎恨任何人，也不要被任何人憎恨。

「神啊，保佑她平安生下孩子……」
保佑他們母子均安。
章子是真心為他們祈禱。
轟隆雷聲越來越劇烈。
更大一聲巨響，把藤壺震得大大搖晃。閃電就落在附近。
章子嚇得縮起身子，慢慢站起來。
「落在哪呢……」
她打開板門，從外廊觀察狀況。
雨敲擊著地面，撕裂天空的閃電照亮了黑暗。
「……？」
瞬間被照亮的庭院，好像有什麼東西。
她定睛看著黑暗。
雷光閃過。
好像看到什麼的庭院，只有樹木和觀賞石。是自己看錯了嗎？
喃喃自語的她，聽到一個含糊不清的聲音。
——……彰……子……

章子赫然張大了眼睛。

剛才的聲音是？

「誰、誰……？」

她細聲問，只聽見輕浮的嘻嘻笑聲。嚇得她往後退。

吹起了風。像是不讓她逃進屋內似的，板門被吹得啪噠關上了。

她背靠著板門，儘可能往後縮。

因為溼氣的關係，外廊粘溼冰冷，體溫從光腳的肌膚開始流失。

風拂過腳尖。好冷的風。是那種沿著肌膚，由下往上覆蓋全身的怪風。

她全身發冷，起雞皮疙瘩。戰慄從脖子掠過背部而下。相反地，一陣寒意從背部爬上來，撫過脖子，纏繞著頭髮。章子倒抽了一口氣。

明明什麼都沒有，她卻感覺得到有東西在那裡。

鼻尖好像碰到什麼看不見的東西。有東西在她眼前。

章子嘎答嘎答發抖，風在她耳下捲起漩渦，鑽進頭髮裡，撫觸肌膚。被撫摸過的地方都起了雞皮疙瘩。

在黑暗中，害怕得全身僵硬的章子，覺得有個黏膩纏繞的聲音，緊貼在她的耳朵上。

——彰……子……

章子瞠目結舌。那是原本應該住進藤壺的女孩的名字。

她聽見嘻嘻嗤笑的聲音，冷風纏住她倒吸一口氣的喉嚨，彷彿要從所有可以鑽的毛孔鑽進去。

——在這裡……找到了……

僵硬的身體不停地發抖。

風拂過她的頭髮、撫弄她的臉龐，從脖子往下滑，尋找衣服的打結處，想解開衣服鑽進更裡面的地方。

——彰子……

章子害怕得幾乎昏厥，但硬是撐住了。

——把妳的身體……給我……

那次更害怕。那次更痛苦。

——藤原彰子……！

章子咬住嘴唇，使盡全力擠出聲音。

「我、我……」

我不是彰子。

「我是shouko的章子，不是akiko的彰子⑧……！」

剎那間，閃電劃過，白光照亮了黑暗。

照出佈滿血絲的眼睛、醜陋的身影。

章子倒抽了一口氣。

閃電消失，匆匆瞥過的身影沉入了黑暗中，但響起了可怕的聲音。

——章子……？

焦躁的吼叫聲夾雜在風中。

——不對，那就不對了。

——下一個天照的分身靈是藤原彰子。

——那麼，彰子呢？

——彰子在哪裡……！

層層交疊的吼叫聲，在章子周圍響起。冰冷的風像是在搜尋，起伏波動。
豪雨的聲音震盪著耳朵。
章子握緊了拳頭。在她耳邊響起的是，跟當時的雨聲一起埋入她心底深處的話。
——非她不可……！
「……啊……」
那個人這麼說過，所以……。
「彰子已經不在了……！」
轟隆巨響掩蓋了她的叫喊聲，震撼了她的耳膜，一道閃電在她眼前劈下來。
她聽見垂死掙扎般的慘叫聲。可是，雷聲的衝擊造成嚴重耳鳴，剝奪了她的聽覺，她不可能聽得見那個聲音。
然而，她確實聽見了，是透過耳朵之外的構造。
閃電的衝擊把可怕的風消滅了。
章子在黑暗中聽著雨聲，肩膀顫抖了好一會。
她是被稱為shouko的彰子，既不是章子，也不是被稱為akiko的彰子。
「嗚……」

忽然，眼角熱了起來，胸口也湧現熾熱的情感。

她歪著頭，邊吸著氣，邊無力地癱坐下來。

雙手掩面的她，壓低聲音，哽咽地抽泣起來。

劇烈的雷雨侵襲了整個京城。

到處都有落雷。

每當閃電擊中某個地方，小妖們就會嚇得雞飛狗跳，沿著隱蔽處尋找安全的地方。

跑到參議府邸時，看到十二神將天后站在屋頂上。

她是水將，可以操縱神氣把雨彈開。

小妖們都有點羨慕，心想當神將還真方便呢。

她是神，一定連雷電都不怕。

小妖們畢竟是妖魔，還是很怕被稱為鳴神的雷電。

尤其是今天的雷電，真的是神，所以比平常更可怕。

小妖們發現，每當雷電擊落各處時，都會敲碎眼睛看不見的牆壁。

那道牆把安倍晴明的孫子整得很慘。

小妖們都很想幫他做些什麼，無奈心有餘而力不足，只能懊惱地能對著那道牆發牢騷。

被小妖們稱為「晴明的孫子」的男孩，上面有兩個哥哥。他們也是晴明的孫子，可是對小妖們來說，「晴明的孫子」只有一個，所以把他們稱為「孫子的哥哥」。他們本人從來沒有抗議過，所以應該也知道小妖們這麼叫的意思吧？

孫子的哥哥們，目前都回到了搬離很久的安倍家。

啊，對了，安倍家也被那道討厭的牆圍住了，裡面的神將出不去，外面的神將也進不來。

小妖抬頭看看狂亂的天空，再低頭注視自己的雙手。

這次的雷電是鳴神。小妖雖然是妖魔，但妖魔也有妖魔的願望，也有想祈禱的事。神很隨性，說不定興致一來，會實現小妖的願望。

「不過，小妖畢竟是妖，屬於黑暗，願望實現的機率還是很渺茫。」

自言自語的小妖，仰望天空，學晴明的孫子，砰砰拍兩下手。

「請擊碎那道牆。」說完後，歪著頭想：「咦，是不是這樣就行了？」

就在它歪起頭的那一瞬間，響起震動腹部的轟隆聲，一道閃電擊落，衝擊力道把它小小的身體炸飛出去了。

天后聽見雷擊，轉過頭看。

原本不放在眼裡，聳起肩膀的她，忽然張大了眼睛，環視周遭。

「牆……牆消失了……?!」

環繞京城，阻礙神將進出異界的那道牆，發出水晶碎裂般的聲音消失了。

「安倍家呢?!」

天后在參議府邸的周圍築起水牆，加強防護，立刻趕往安倍家。

神將才消失沒多久，一個身影就降落在參議府邸前了。

那是個白頭髮的男人。

他看到小妖躺在馬路中間，就把它抬到淋不到雨的地方。

吹起了風。那是會扭曲人心的黃泉之風，從四面八方吹向京城中心，逼向了皇宮。

那裡面有個男人就快被困住，就快因為太過感情用事，誤入歧途。

白頭髮的男人瞪視著皇宮方向，結起了刀印。

「恭請奉迎。」

閃電在他頭頂上形成。

「天滿大自在威德天神，急急如律令……!」

猛烈的雷電如呼應他的刀印般，擊向了皇宮深處的清涼殿南庭。

◊　◊　◊

僧都的誦經、陰陽師的祝詞，不絕於耳，縈迴繚繞。

奄奄一息的皇后定子，不時發出微弱的慘叫聲，繼續奮戰著。

筆墨難以形容的痛苦，是生產之苦，她可以忍受。只要能把孩子平安生下來，母親可以忍受任何痛苦。

為了保護自己的孩子，母親願意付出任何代價。

即便是自己的生命也在所不惜。

定子知道自己生命的時限。

定子知道皇上是多麼深情的人。

而定子也知道，心願又遠勝過皇上的深情。

不管多苦、多痛，她都會一肩扛起，不會讓孩子承擔一絲一毫。

然而，定子知道，皇上想擁有她，勝過想擁有孩子。

這種想法，有悖於常理，有悖於天意。定子祈求神明。

啊，請保佑他的心、保佑他的思想、保佑他的心願，神啊。

請不要讓他被困住，請不要讓他誤入歧途。

定子祈求神明。請保佑即將誕生的孩子健康、幸福，活得長長久久。
請保佑年紀還小的皇子，可以登上至高地位，為國家帶來繁榮。
還有，公主，請不要忘記，我是多麼愛妳。
我對妳說過的話，絕對沒有絲毫的虛假。

「生了……！」
「皇后殿下，是位公主！」
侍女們只興奮了一下，就安靜下來了。
嬰兒沒有哭聲。
以足月生下的嬰兒來說太過瘦小的公主，虛弱地閉著眼睛，全身軟綿綿。
「快哭啊，公主，快啊！」
侍女發出慘叫般的叫聲，往嬰兒膚色黯淡的屁股連拍了好幾下。
「快哭啊！請快點哭，公主……！」
聽到吵鬧聲，全身沒了血色的定子，緩緩轉過頭看。
那是她拚了命生下的公主。她勉強把侍女手中的孩子的臉龐烙印在腦海中，就再也撐不開眼睛了。脩子的臉忽然閃過眼底。

——我會向神祈禱，讓媽媽的病好起來……

她知道她一定會後悔一輩子。

後悔當時不該放開那雙手。

果然如當初所想，後悔在她心中奔騰翻滾。

「公主，請……」

公主、公主，請……請照顧妳的弟弟、妹妹……——。

「………」

在侍女們此起彼落的啜泣聲中，定子的手伸向了虛空，宛如在追逐什麼。但是沒有人發現，因為所有人的注意力都在還沒發出哭聲的嬰兒身上。

一行淚水從定子眼角滑落。

「——……呱……」

動也不動的嬰兒，咕嘟吞下了一口氣，發出微弱的哭聲。

彷如替換般，定子的手啪噠掉落下來。

◇　◇　◇

狂飆了一晚的冬天暴風雨，過了丑時，總算靜止了。

擊落京城各個角落的雷電，把不知道是誰築起的牆壁敲得粉碎，清除了阻擋神將們去路的障礙。

昌親仰頭看著雨勢大大減弱的天空，眯起眼睛說：

「有人恭請了鳴神……？」

是誰呢？據昌親所知，目前在京城裡的術士，沒有人可以做到這件事。

牆壁消失了，沉入哥哥體內的疫鬼卻依然存在。螢對疫鬼施行的法術，差點被破解，幸好哥哥硬撐下來了。

成親看起來更疲憊了，躺在床上休息。

天后好不容易見到了他，看到他兩頰凹陷，心痛得掩著臉，咬住嘴唇。成親強裝出沒事的樣子，對著她笑。

凍結人心的風，被雷聲的音靈與閃光消除殆盡了。

沒有了阻礙的神將們，分頭巡視京城，清查有沒有異狀。

心浮氣躁的氛圍被雨和雷電一掃而空，京城裡的人又恢復了平靜。在皇宮裡值班的官員們，看起來也很正常，一片祥和，很難相信曾經為一點小摩擦引發過紛爭。

昌親不知道是誰做的，但他確定有人保護了京城。

不過，事情還沒解決。

他望向皇宮和三条的方向，用僵硬的聲音囁嚅著：

「……皇后殿下……」

宣告寅時的鐘聲也傳到了寢殿。

整夜不曾闔眼，倚靠著憑几的皇上，被格外洪亮的鐘聲嚇得肩膀顫抖。

「啊……寅時了……」

喃喃自語的皇上，覺得背脊一陣寒意。

心臟開始撲通撲通狂跳起來。他被莫名的焦躁困住，喘得很厲害。

這是怎麼回事？他有種不好的預感。

但是他慌忙甩甩頭，握緊了手中的扇子。

一定是想太多了。黑暗會使人心情沉重，對什麼事都感到不安。

再過一個時辰，天就亮了。只要天照大御神為大地帶來光芒，這種莫名其妙的焦躁就會消失。

「皇上——」

聽見女官的叫喚，皇上的心臟彷如被冰冷的手握住，瞬間萎縮了。

心跳怦怦鼓動。

「…………………、…………………」

女官說著話，聲音顫抖。伏地叩拜的女官，搖晃著肩膀，從她披散的黑髮間，似乎可以看見淌下來的淚水。

皇上眼睛眨也不眨地盯著女官。

她確實稟奏了什麼，自己也確實聽見了。

卻什麼也沒聽進去。

他沒聽進去。只聽見心臟異常地跳動，在耳邊撲通撲通鼓動得吵死人。

他沒聽進去。呼吸卻混亂成這樣，他不知道為什麼。

他遲緩地張開了嘴巴。

「妳說……」

女官緩緩抬起了頭，她的眼睛不知道為什麼都哭腫了。

「妳說什麼……」

他的詢問沒有抑揚頓挫、沒有感情，女官愁雲滿面地重複她說過的話。

「皇后殿下在昨晚生下了公主……」

他的心怦怦鼓動。對，女官是這麼說的，然後呢？

淚水從女官臉上滑落。

「產後……胎盤沒有脫落……方才辭世了……」

皇上像戴上了能劇的面具，只動了動嘴唇。

像是在說不要騙我。

可是女官再也忍不住了，嗚咽抽泣起來，伏地叩頭。

「……」

扇子從皇上手中滑落下來，發出嘎噹聲響，像是在斥責啜泣的女官。

十二月的滿月晚上，當今皇上的第二個公主誕生了。

在天將亮的寅時。

命運悲慘的皇后藤原定子，結束了她短暫的生命。

◊　◊　◊

那個颱風夜已經過好幾天了。失去女主人的府邸，籠罩著悲傷。

生產時，藤原伊周接到通知，立刻趕去。在產房隔壁，聽著誦經、驅邪淨化的聲音，一心祈禱母子均安。誕生時沒有哭聲，把侍女們嚇得倉皇失措的公主，以及敦康，暫時交給定子和伊周的親妹妹照顧。

脩子在賀茂的齋院。服喪的皇上辦完喪事後，會把女兒叫回來吧。

伊周不知道脩子是去伊勢，以為她在賀茂，所以這麼想。

聽說齋王恭子公主逐漸康復了，所以安倍晴明應該也快回京城了。

「…………」

伊周的眼皮顫動著。

大陰陽師的祈禱也救不了定子。

最後，陰陽師還是救不了妹妹。

祈禱、占卜都沒有用。

自己到底想抓住什麼呢？伊周茫然思索著。

那麼殷殷期盼、祈禱，都無法傳達給神。只有恐懼不斷膨脹擴大，其他什麼都沒留下。妹妹房間裡的生活用品，都還保持生前的樣子。是侍女們想這麼做嗎？或是悲傷過度，還沒辦法整理？

這些全都是定子長年來愛用的生活用品，充滿了雅趣，到處都有她留下來的回憶。

啊，這個鏡盒⑨是入宮時，父親送給她的賀禮。這個香爐是被冊封為中宮時的賀禮。這個櫥櫃是皇上的賞賜。這個硯盒是內親王脩子開始習字時，我這個舅舅送給她的。其他還有漆製的漂亮梳子盒、螺鈿的鏡台、用木片組合而成的唐櫃⑩等等。

一如往昔的室內，少了主人的身影。

妹妹總是躺在這張懸掛帳子的床上，看到他來就露出微笑。

「……、……？」

有張白紙綁在帳子上。他知道只有妹妹會把這種東西綁在這裡。

他攤開折成細長狀的紙，上面用含蓄婉約的筆跡寫著三首歌。

「……………」

他讀著妹妹留下來的歌，還有歌中的含意。

看得連眼睛都忘了眨，淚水不知不覺從臉頰滑落。

他抱著妹妹最後留下來的歌，放聲痛哭。

「…………嗚！」

定子、定子，妳是多麼痛苦、多麼煎熬啊。

原諒我這個哥哥，原諒我這個救不了妳的哥哥。

原諒我，定子……！

就在年關逼近的下雪之夜。

皇后定子的送葬隊伍，淒涼地走向了鳥邊野墓地，送葬的人少得可憐。

小怪的陰陽講座

⑦藤壺：天皇平安御所後宮七殿五舍之一。因宮院內植藤花，故稱為「藤壺」，又名「飛香舍」。

⑧彰子的發音可以是「shouko」，也可以是「akiko」，大家都叫彰子為「akiko」。章子剛入宮時，皇上並不知道她是章子，卻決定叫她「shouko」，而章子的發音剛好是「shouko」，所以章子覺得很欣慰，起碼可以保住自己的名字。

⑨鏡盒：放鏡子、領巾、手帕的盒子。

⑩唐櫃：附蓋子，有四到六隻腳的長方形大箱子，用來裝衣服或文件、用品。

9

過完新年大約十天後，伊勢的正月例行活動也告一段落了。

最近齋王恭子公主的身體狀況不錯，很少再以凶日為由，讓脩子代行職務。

就在這時候，京城的左大臣派人送信來給安倍晴明。

聽說有使者來，內親王脩子的眼睛亮了起來。

「是不是回京城的日期決定了呢？」

過了新年，脩子就是虛歲六歲了。

「我已經想好新年的賀詞了，我要向父親、母親，還有敦康道賀。」

還沒接到母親肚子裡的孩子誕生的消息，所以她只提到要向他們三人恭賀新年。不過，她也想過，說不定可以對著母親的肚子說話，所以也悄悄準備了另一份賀詞。

「不知道媽媽是不是好起來了。」

脩子開心地雙手合十，彰子瞇起眼睛，點點頭說：

「沒有消息就是好消息，她一定已經好起來，等著妳回去了。」

「我好想趕快見到媽媽。」

禮物也準備好了，藏在唐櫃很裡面的地方。她不想讓任何人知道她準備了什麼東西。小妖們老是想偷看，所以她拜託嵬看守。

小妖們誓言要揭開祕密，但是每次勇敢挑戰，都被烏鴉發現，被烏嘴啄得抱頭鼠竄。

「可是，公主越藏我們就越想知道是什麼，這是妖之常情吧？」

「你也有興趣知道，公主會為最愛的母親選什麼禮物吧？」

「我們想徹底了解公主的心思啊。」

三隻小妖說得頭頭是道，嵬大聲斥喝：

『你們只是想看禮物吧——！』

縮起脖子的小妖們，嘻嘻笑著，毫不在乎，又跑去糾纏脩子。

「好啦好啦，給我們看嘛。」

「我們不會告訴任何人。」

「就當作我們跟公主之間的祕密。」

「不行。」脩子懶得理它們，站起來說：「嵬，拜託你了。」

『嗯，交給我就對了。』

脩子對堅決回應的烏鴉笑笑，趴躂趴躂跑走了。

現在這個時間，晴明應該會去內院探望齋王。如果錯開了，沒見著，她也可以去中院找晴明。

彰子目送眉飛色舞的脩子離去，瞇起眼睛，嘆了一口氣。脩子可以這樣跑來跑去的日子不多了。身為內親王，不可以到處亂跑。只有在伊勢期間，她才可以像這樣當個活潑的小女孩。想到這裡，彰子不禁有點感慨。

同時，她也覺得有點不可思議。不過相差幾天，變成六歲的脩子，在容貌、行為舉止上，都比五歲時成熟了許多。

脩子是個非常聰慧的女孩，她是為了母親，硬逼自己成長。彰子希望可以有更多的日子讓她繼續當個小孩子，因為可以當小孩子的時間真的很短。

彰子是藤原家族的大家長的大千金，從小被當成未來的皇后撫養長大。從她懂事以來，就接受種種教育，學樂器、學書法、學詩詞，從來沒有自己到處亂跑過。當成遊戲的活動，現在回想起來也都是教育的一環。

她並不討厭這樣的生活。想到現在全都派上了用場，她就很感謝那些日子。

不過，她只是貴族家的千金小姐，與身為皇上女兒的公主脩子相比，被賦予的義務、背負的責任相差很多。脩子肩上的重擔，比她重多了。

所以她希望至少這段時間，可以讓脩子過得自由自在，像個小孩子。現在時間所剩無幾，她更想要為脩子好好把握。

要把脩子的衣服收進唐櫃時，猿鬼問她：

「小姐、小姐，妳會跟公主一起回去嗎？」

骨碌骨碌滾過來的獨角鬼斜著身子說：

「還是會跟晴明一起回去？」

用四隻腳爬過來的龍鬼，跳到彰子背上說：

「乾脆跟我們一起回去吧？」

「噗。」彰子忍俊不禁，擺出思考的模樣說：「這不是我能決定的事，要由晴明大人或皇上決定。」

彰子本身是希望儘可能陪在脩子的身旁。她從以前就這麼想。現在快分開了，她更希望在分開前，可以盡自己所能，為脩子做任何事。

「不過，公主有雲居大人陪伴，可能不太需要我吧……」

烏鴉盤踞在唐櫃上面，張開鳥嘴說：

『妳胡說什麼啊，我家善良的小姐說，妳幫了她不少忙呢。』

也不知道在得意什麼，烏鴉高高挺起了胸膛。彰子瞇起眼睛說：

「真的嗎？我太高興了。」

來伊勢很久了。過年後，不只脩子，晴明和彰子也都多了一歲。

彰子十四歲了。

十二歲的冬天，窮奇事件改變了她的命運，她與章子替換身分，投靠了安倍家。

十三歲的新年，她是在京城的空屋度過。十四歲的新年，她是在伊勢的齋宮寮度過。明年的新年，會是在哪度過呢？才剛過新年，就開始想這種事，她不禁笑自己太心急了。

彰子瞥一眼自認是在幫她的小妖們。不知道為什麼，總覺得不論去哪裡，都有它們相伴。而且，只要有它們在，無論在哪裡，都能笑得很開懷。

彰子停下收拾衣服的手，遙望西邊天空。

那裡是京城。比她大一歲的昌浩，今年十五歲了。

半年沒見面了，彰子很想念他。他們通過幾次信，述說彼此的近況。但是今年冬天中旬，幫彰子送信的烏鴉，翅膀受了傷，就沒再繼續了。

彰子希望昌浩沒收到信不會介意。可是，以昌浩的個性，很可能會想太多，擔心是自己回信太晚，所以彰子不再寫信給他。

昌浩寄來的信，彰子都好好收著。每封信的收信人都是「藤花」。

在這裡，知道她真正身分的人，也都是以侍女的名字藤花稱呼她，所以她已經聽習慣了。

「吶，公主。」猿鬼拉扯彰子的衣服下襬說：「乾脆把名字改成藤花吧？」

這可把彰子嚇壞了，瞪大眼睛說：

「咦？」

獨角鬼和龍鬼跟吃驚的彰子相反，拍著手高興地說：

「喔，沒錯、沒錯，好主意。」

「這樣的話，我們會幫妳通知京城裡所有的小妖。」

小妖們越說越高興，彰子配合它們的視線蹲下來，疑惑地皺起眉頭說：

「等等，你們為什麼會這麼想？」

三隻小妖面面相覷。

「這……」

獨角鬼望向西邊天空，舉起一隻手發言。

「昌浩在外面提到公主的名字時，都會頓一下。」

「咦……？」

那句話真的出乎彰子意料之外。

「因為說出小姐真正的名字就糟了。」

「可是他平常不是都叫小姐真正的名字嗎？所以常常會差點脫口而出，又急忙重說一次。」

龍鬼與猿鬼輪流說明，彰子聽完後有點錯愕。

竟然有這種事，她完全不知道。昌浩什麼都沒說，她也沒聽晴明、吉昌和成親說過。

但是，小妖們來去自如，去過很多地方，所以既然它們這麼說，應該就是真有這麼回事吧。習慣會瞬間冒出來。無意識是很麻煩的東西。彰子托著臉頰，露出憂鬱的表情。

「這樣啊……」

到目前為止，在彰子的人生中，以「藤原彰子」的名字度過的時間最長。然而，將來被稱為「藤原彰子」的時間會越來越短。

雖然還是彰子，可是，現在的彰子不能再是「藤原彰子」了。因為藤原彰子必須待在藤壺，除了藤壺中宮外，不能有其他藤原彰子存在。

隨口說說的小妖們，沒想到會讓彰子這麼煩惱，慌忙說：

「啊，呃，小姐，我們不是說妳的名字不好哦。」

「就是啊！小姐的名字很漂亮，也很好聽。」

「幹嘛啊，阿獨，說起話來跟陰陽師一樣。」

被龍鬼嗆聲的獨角鬼，難為情地搔著頭說：

「嘿嘿，我想既然都來伊勢參拜了，乾脆再用點心學習陰陽道。」

彰子點頭表示了解，卻又感到疑惑。

那是很好的志向，可是她總覺得哪裡有點奇怪，為什麼呢？

小怪在的話，應該會幫她釐清那種突兀感。但很遺憾，小怪不在這裡。神將們也剛好不在，烏鴉嵬又緘默不語。

她想去問玄武或六合，轉身跑走。

「小姐，妳要去哪？」猿鬼問。

彰子開朗地回說：

「我去問信的內容，雲居大人應該知道。如果回京城的日期決定了，就要趕快做準備。」

小妖們點點頭說：「是喔？」揮著手目送她離去。

◇　◇　◇

——……哪……

◇　◇　◇

齋宮寮四周群山環繞。風音站在山腳下的一隅，神情凝重地仰望著天空。天氣很不好，烏雲密佈，好像就快下雨了。

昨晚氣溫驟降，變冷了許多。天氣再這樣壞下去，可能不是下雨而是下雪。

「希望公主的身體不會出問題……」

氣溫急遽變化，對小孩子的影響十分明顯，回去要盡量幫公主保暖。

深色靈布飄揚的六合，在她旁邊現身。他爬上聳立山頂的杉樹，察看四方。

「怎麼樣？」風音問。

六合難得露出了憂慮的眼神。

「妳說得沒錯，有點奇怪。」

環繞齋宮寮到整座神宮的群山，散發出來的波動有異常。從年底就吹起了特別寒冷的風，而且哪都不去，就在這附近繞圈子盤旋。

那道風彷如會攀附在身上，被吹到就寒徹骨髓，連心情都變得很沉重。

風音知道這是什麼風。起初，她否決了自己的想法。

這裡是神國伊勢。去年秋天陰雨連綿，大日靈子的怒氣在這裡蔓延時，出現很多異狀，招來了妖魔鬼怪。但是找出原因，安撫了神，把妖魔鬼怪全部清空後，就沒發生過什麼怪事了。

冬至前是陰盛陽衰，所以在那之前，她都很小心觀察狀況。現在平安度過了冬至，陽盛陰衰，年也過了，應該沒什麼事好擔心了。然而，吹進這地方的風，卻讓她心頭發冷。她出生的出雲國道反聖域，下面就是黃泉之國，只以大磐石相隔。現在的空氣，跟那裡酷似。

「到底從哪來的……」

風音按著嘴唇，低聲嘟囔。從神治時代起，就被她的父親道反大神堵住的黃泉之國，並不是完全沒有其他通路。詳細情形她不清楚，只聽說除了出雲，紀伊國某處也與黃泉相通。除此之外，某些事的發生，也可能輕易開啟黃泉的入口。

風音以前也曾經利用脩子的心，鑿穿過瘴穴。

「風音、六合——！」

纏繞著風的風將太陰，衝破雲層飛下來，把周遭堆積的落葉全吹走了。

風音壓住凌亂的頭髮，瞇起眼睛說：

「怎麼了？太陰。」

棕色頭髮飛揚的太陰，沉著臉說：

「這雲層好奇怪，太厚重了，簡直就像……」

就像神發怒時，帶來綿綿長雨的那個雲層。

風音與六合瞪視著天空。那不是神。神的憤怒平息了。那之後，沒有人做過惹神生氣的事。脩子代替臥病在床的恭子公主，完成了齋王的任務。知道事情真相的伊勢寮官們，也都保證這樣就不會有問題了。

還不只是這樣，海津島的海津見宮也確實執行了祭祀的工作，帶來了原始神明的加護。若有神諭，服侍海津見宮的玉依公主的神使，一定會來通報。

既然沒來通報，就表示不是神意。

而是……

「在某個地方，出現了通往黃泉的道路？」

偶然開啟的道路，是原本就不該有的存在。

通常，一有異狀，當地的神就會迅速封鎖道路，把風驅散，以免釀成災禍。凡是偶然開啟的路，都是這樣處理。

但若是存在著某人的意圖，事情就不一樣了。

「該怎麼做呢？光是那個雲層，我還有辦法清除。」

太陰毅然決然提出這樣的意見，六合無言地搖搖頭。不從根本解決問題，即便把雲清除，也大有可能一再重演。

猶豫了好一會的風音，閉上眼睛，潛心沉思。

目的是什麼？席捲這個地方的風，想要什麼？

她結起刀印，抵在額頭，五官全開尋找答案。

卯足全力擴張感覺之網時，察覺有危險，她倒抽了一口氣。

「怎麼了？」

風音抬頭望向位於高處的黃褐色眼眸，緊張地回說：

「黃泉的送葬隊伍來了……」

「送葬隊伍？」

反問的是太陰，六合扭頭望向齋宮寮，默默轉身離開。

「啊，等等，六合！」

驚愕的太陰出聲叫他時，他已經消失了蹤影。

太陰伸出去的手停在半空中，氣得嘟起嘴來。

「起碼告訴我怎麼回事嘛。」

風音苦笑著說：

「他去找晴明了。」

這句話把太陰惹毛了，衝著風音說：

「喂，風音，這句話我可不能聽過就算了。」

說得好像晴明會——。

「不要說那種不吉利的話嘛，雖然以人類來說，晴明……」

像連珠砲般說了一長串的太陰，突然不說了。

後面那串話是，雖然以人類來說，晴明的壽命有點太長了。

太陰把差點冒出來的話吞下去，閉上了嘴巴。風音向她道歉說：

「對不起，我沒把話說清楚。」

風音邊環視周遭，邊對愁眉苦臉默不作聲的太陰說：

「與壽命無關……他們是來帶人走。」

來帶人走。強行帶走。抓住、五花大綁、拖走。

「黃泉的隊伍就是這樣。晴明大人的壽命還很長，放心吧。」

風音這麼說，只是為了安撫神將。太陰看她說得那麼輕鬆自若，不禁目瞪口呆。風音察覺她那樣的表情，不解地問：

「怎麼了？」

太陰翻白眼看著風音，猜疑地說：

「妳總不會告訴我，妳知道所有人的壽命吧？」

說起來，風音可是神的女兒呢。最近她的侍女裝扮、工作姿態，都有模有樣，害太陰差點忘了她這個身分。

風音苦笑著說：

「不是全都知道。」

不是全部？那就是知道一部分嘍？

太陰這麼想，可是怕自找麻煩，就不再追問了。

她把偏離主題的話又拉回來。

「黃泉隊伍來帶誰？」

「不知道，但是可以確定往這裡來了。」

風音甩甩頭，轉身說：

「回去吧。」

安倍晴明收到了左大臣的來信，幾乎在同一時間，齋王也收到了皇上派人送來的噩耗。在皇上親筆寫的文章中，筆跡如實描繪出了他混亂的思緒。一眼就看得出來，他是多麼心痛。

恭子把信放在矮桌上，無力地倚靠著憑几，忍不住落下淚來。

「怎麼會這樣……」

隨侍在側的命婦，擔心地走向恭子。

「齋王，請振作起來……」

恭子淚眼迷濛地搖著頭，對安慰她的命婦說：

「我沒事，我只是覺得脩子公主太可憐了……」

眼淚嘩啦嘩啦地流下來，她邊用袖子拭淚，邊嚶嚶啜泣。

「我要怎麼告訴脩子公主，她的母親生下二公主後就去世了。」

向神虔誠祈禱的脩子公主，一心就是希望能治好母親的病。

「神這麼做，也太殘忍了……」

看恭子那麼悲傷，命婦也淚眼汪汪。

「想必皇上也很傷心吧。皇后去世的消息，遲來了將近一個月，可見皇上的心有多混亂，說不定還無法接受皇后已經去世的事實……」

「是啊……很有可能，皇上太寵愛皇后了……」

恭子用袖口壓住又流出來的淚水，抬起了頭。

忽然，她驚愕地屏住了氣息。命婦看她神情不對，訝異地移轉視線。

脩子正扶著柱子，呆呆佇立著。

凝然不動的她，似乎連呼吸都忘了，用不帶感情的眼眸望著恭子。

恭子和命婦沒想到脩子會來，都驚慌失措。

皇上也不希望以這種方式讓她知道吧？事實上，皇上在信中特別提到，還不要告訴脩子。

「公主，剛才那些話是……」

惶惶不安手足無措的命婦，視線飄忽不定，思索著該怎麼說。無論如何，她都要想盡辦法蒙混過去。

脩子張大眼睛喃喃說著：

「藤花說……」

「啊？」

命婦愁眉不展，脩子看都沒看她一眼，茫然地轉過身去。

「那時候……」

藤花說了什麼？她握著我的手，說了什麼？

「她說會好起來啊……」

脩子的眼眸失焦，不知所從。缺乏抑揚頓挫的聲音說出來的話，讓恭子和命婦心如刀割，啞然失言。

「……媽媽……」

脩子搖搖晃晃地離開了齋王的住處。恭子和命婦都束手無策，只能目送她離去。

隔沒多久，名叫藤花的年輕侍女就來向兩人請安了。

「請問公主殿下在這裡嗎？」

在不失禮的狀態下，悄悄環視屋內的彰子，察覺裡面的氣氛緊張且凝重。

「請問……」

恭子雙手掩面，不斷對疑惑的彰子搖著頭。她不知道該怎麼回答，命婦代替她說：

「都怪我太不小心……讓她聽見皇后殿下去世的消息……」

彰子屏住了氣息。

「咦……？」

她的心臟狂跳起來，努力回想命婦說了什麼。

「皇上的意思是先不要告訴脩子公主，我卻……！我應該更留意周遭的動靜……！」

命婦哭得抽抽噎噎，肩膀顫抖。恭子流著淚斥責她說：

「命婦，不是那樣，不是妳的錯。」

恭子拿起矮桌上的信，沮喪地垂下頭。

一時之間，現場只聽見兩人的啜泣聲。

彰子眨眨眼睛，膽戰心驚地問：

「皇后殿下已經……？」

命婦無力地點點頭。

「她生下了……二公主……」

因為嚴重的難產，嬰兒曾一度危急，好不容易才保住了一條命。可是，定子產後胎盤沒有脫落。

「就那樣……去世了……」

「——……咦！」

彰子的視野變得模糊，大大晃動起來。

從遠方某處傳來嘻嘻嗤笑聲。

10

◇ ◇ ◇

——在……哪……

◇ ◇ ◇

安倍晴明看著左大臣寫來的信，臉色沉重。

信上說，上個月中旬，在滿月的夜晚，天還未亮時，皇后辭世了。肚子裡的孩子平安誕生，但以足月來說，太過瘦小，可能是因為母親生病，所以長得不夠大。

皇上神情憔悴，淚水都哭乾了，總是心不在焉。

去世的定子，把皇上的心也帶走了。

另外，在定子開始生產沒多久前，發生了一件怪事。

左大臣道長去探望病倒的皇太后詮子時，前典侍發出粗獷的叫聲，抓住了他。

道長說那個聲音很熟悉。像是與他展開激烈權力鬥爭的亡兄道隆的聲音，也像是道兼的聲音，含帶著恐怖的怨恨與憤怒。

彷彿是他們的怨念，從黃泉之國回到人世，附在前典侍身上，對他行兇。

晴明眼神嚴峻，低聲沉吟：

「……從黃泉回來啊……」

帶著怨恨和憤怒等強烈的負面情感結束生命的人，那股怨念不會渡過境界河川，而是沉入妖魔鬼怪蠢蠢欲動的黃泉。

宮中的權力鬥爭十分激烈，懊惱、憤怒、仇恨、忌妒太過強烈，就會沉入黃泉，與鬼同化，等著哪天把害自己嘗盡那種滋味的人也拖下黃泉。

不過，黃泉與人界通常是被隔開的，所以很難做得到。除非有道路開通，才有可能從那條路爬上人界。然而，要鑿穿黃泉之鬼可以通過的瘴穴，並不是件容易的事。

晴明以前也只見過兩次瘴穴，而且中間相隔了五十年。

黃泉之風會攪亂人心。人心混亂會殃及上天，形成天災，報應在人的身上。

人心動搖，天也會動搖。仇恨高天原的神治時代的怨念，在黃泉澎湃激盪。

機靈的黃泉刺客，扭曲了朋友的人生，使神將的雙手沾滿了鮮血。

他們隨時等著乘隙而入。

晴明嘆口氣，把左大臣送來的信整齊地折起來，丟進火盆裡。

信中交代，定子的事先瞞著內親王脩子。想到脩子來伊勢的理由，就非瞞著她不可。

這時候，難得露出驚慌表情的十二神將六合現身了。

晴明瞪大眼睛說：

「怎麼了？六合，真是稀客呢。」

在齋宮寮，他大多待在風音身旁。

晴明忍不住要搜尋風音的身影，六合簡短告訴他：

「風音說黃泉的送葬隊伍要來了。」

「黃泉的……？」

晴明驚愕地反問，覺得脖子發冷。

涼颼颼的感覺從背脊滑落，凝結在腹部底處。

吹起了風。黏黏稠稠撫過肌膚的風，感覺很熟悉。

晴明反射性地站起來。隱形的青龍現身了。白虎和玄武也在庭院降落，他們一直在屋頂上守候。

「風……」

晴明一開口，所有人就聽見了哄笑聲。有氣息潛藏在風中，嘻嘻嗤笑聲此起彼落。

嗤笑聲中還夾雜著恐怖的呼嘯聲，晴明清楚聽見了。

送葬隊伍要來了。來帶走某個人。哄笑聲的背後，是搜尋者的聲音，他們在搜尋加入送葬隊伍的人。那個人不是晴明。在十二神將嚴密的看守中，他們不可能出手。

那麼，是齋王恭子公主嗎？剎那間，晴明這麼猜測，但很快就推翻了這個可能性。齋王的狀況已經大為好轉，只有身體或心靈被摧殘到幾乎活不下去的人，才會被黃泉的送葬隊伍帶走。

那麼，送葬隊伍是往哪裡去？

火盆裡的炭，突然發出了爆裂聲。

剛才丟進火裡的信，燒成灰燼崩垮了。

注視著炭火好一會的晴明，視線掃過神將，緊張地問：

「脩子公主在哪？」

十二神將白虎回說：

「應該是在內院的房間，有小妖和彰子小姐陪著她。」

恭子和脩子的住處，都有特別的結界守護。只要她們不離開住處，就不可能被送葬隊伍抓走。可是晴明的心卻與他的想法背道而馳，猛然狂跳起來。

◇　◇　◇

——……找……到了……

◇　◇　◇

我非去不可。

我非去不可。

去媽媽那裡。

我非去不可。

啊，對了，我作了可怕的夢。

因為太可怕了，所以我想確認媽媽會不會好起來。

我非去不可。去媽媽那裡。我聽見了可怕的事。

那是不可能發生的事，我卻聽見了，太可怕了。

所以我必須去確認。

所以我要去媽媽那裡。

我非去不可。

我必須去媽媽現在所在的地方——。

——……來……

心跳加速。

彰子腳步沒有踩穩，背部撞上柱子，差點就癱坐下來了。

心臟怦怦狂跳。

皇后去世了。脩子的母親定子去世了。

彰子強撐起幾乎要彎下去的膝蓋，顫抖著開口說：

「什……什麼時候的事……？」

齋王恭子看著信說：

「上個月，滿月的夜晚，寅時……」

「唔……！」

彰子把眼睛張大到不能再大，雙手掩住了嘴唇。

——……我作了……可怕的夢……

脩子滿臉憂鬱，說得很害怕，是什麼時候呢？
就是上個月，十二月中旬，滿月那天吧？
她非常驚恐，害怕到連飯都吃不下去了。
那時候她說了什麼呢？
——藤花……
她面向正在替她梳頭的彰子說：
……媽媽……會好起來吧……？
她如河堤潰決般，如祈禱般，扯開嗓門問彰子。
怦怦心跳，彷如在譴責彰子、折磨著彰子。
啊，自己是怎麼回答她的呢？
——會的，一定會。
彰子只是想安撫驚恐的脩子，只是想讓她放心。
——皇后殿下一定會好起來。
為了手指極度冰冷的小女孩，彰子打從心底這麼回答。
脩子一次又一次問是不是真的？彰子都點頭稱是。就這樣，脩子的表情漸漸舒展開來，彰子的心也放下了。

「公主……」

彰子拚命移動不聽使喚的腳，扶著柱子、牆壁，離開了現場。

脩子的願望沒有實現，定子去世了，而她也知道了這件事。

「公主、公主……！」

怦怦狂跳的心跳聲好刺耳。

侍女的服裝怎麼這麼重呢？內院怎麼這麼大呢？

自己的腳怎麼這麼重呢？自己聲音怎麼這麼嘶啞、微弱呢？

急著尋找脩子的彰子，看到正搖搖晃晃走向牧場的嬌小身影。

「公主！」

脩子猛然停下了腳步。

——……過……來……

彰子跌跌撞撞地跑過去，脩子緩緩轉身看著她。

凝結不動的眼眸，把彰子嚇得倒抽一口氣，不敢再往前走。

她隔著五尺左右的距離，聲嘶力竭地大叫：

「公主……我……」

「——藤花。」

那聲音出奇地平靜，太過平靜了。

彰子不由得沉默下來。那聲音十分微弱、平靜，卻好像重重鞭打著她全身。

脩子凝結不動的目光，射穿了肩膀顫抖、屏住氣息的彰子。

「媽媽……死了嗎？」

「公主……」

「媽媽死了嗎？」

「皇后殿下……」

脩子打斷想掩飾什麼的彰子，又問了第三次。

「媽媽……死了嗎……？」

她面無表情，目不轉睛地盯著彰子，不斷重複同樣的話。彰子驚恐地倒吸一口氣，沒辦法回答她。

吹起了風。吹起了黏稠、沉重、冰冷的風。冷得讓彰子的身體凍結，連心都凍結了。

彰子不由自主地顫抖起來，但絕不是因為寒冷。

「我……我……」

就在她急著尋找措詞時，脩子的話刺穿了她耳朵。

「妳說過會好起來。」

彰子目瞪口呆，脩子又面無表情地重複了一次。

「妳說過會好起來。」

——……過……來……

「啊……」

她的確說過，說過好幾次，說一定會治好，一定會好起來。

其實，沒有任何保證，也沒有人知道會怎麼樣，她那麼說，只是期盼結果會是那樣。

脩子的眼眸波動蕩漾著。

「妳說過會好起來的……！」脩子用力吸口氣，大聲嘶吼：「妳騙我！」

尖叫吶喊的脩子，淚如泉湧。

「妳說過會治好……會好起來的，妳說過、妳說過的，妳騙我……！」

——……過來……

風轟隆轟隆捲起了漩渦，像是在呼應脩子動盪的心情，颳起了漫天的風沙。

被風沙吹得東搖西晃的彰子，看到冷颼颼的風中，飄浮著無數的黑影。

嘻嘻嗤笑的聲音層層交響，佈滿血絲的變形眼珠在風中狂舞。

「公……主……！」

風勢太強，彰子發不出聲音，身體差點被捲走，背脊一陣寒顫。

公主會被帶走。

旋風把脩子捲進了中心，彰子拚命伸長手，好不容才抓住了她的手。

「公主……！」

瞬間，迸出了吶喊聲。

「……啊啊啊啊啊！」

脩子奮力甩開彰子的手，被吸入了旋風裡，還哭著大叫：

「妳騙我！」

極度悲痛的聲音，貫穿了彰子的胸口，她呆呆杵在原地，凝然不動。

從四面八方吹過來的狂風，以擂缽狀鑿穿了地面。捲起的沙塵，逐漸把脩子吞噬了。

嘻嘻嗤笑聲迴旋繚繞。

「公主！」

被旋風攻擊，衣服、頭髮都沾滿了沙子的彰子，扯開嗓門大叫。風纏住她伸出來的手，把她摺倒，揚起沙塵嘲諷她。

彰子緊閉的眼底，浮現兩排隊伍緩緩行進的畫面。

披戴著布前進的隊員們，腳細得像枯木，形狀怪異，裸露的腳尖有鬼般的爪子，瞥向彰子的眼睛佈滿血絲，嘻嘻獰笑的嘴巴露出尖牙。

彰子認得它們。有靈視能力的她，從小就常看見它們。

異形們列隊前進。排在隊伍中心的異形們，抬著一副棺材。

那是送葬隊伍。

最後面跟著幼小的孩子。披戴著布的異形，抓住孩子的手，輕輕抱起她。

嘻嘻嗤笑的異形們，把脩子當成球，在手中傳來傳去。

它們像是在迎接動也不動的孩子，打開棺材，把孩子像獻出祭品般塞進棺材裡。

「公主！」

彰子拚命抵抗，使出全力奮戰，試圖掙脫旋風。

左手腕響起啪唏的微弱聲音。

就在這時候，風忽然靜止了。咚隆落地的是，昌浩送給她的瑪瑙手環。

——據說瑪瑙可以驅邪……

彰子躺下來，撿起瑪瑙，丟向送葬隊伍。

看到拉著長長的尾巴飛向送葬隊伍的瑪瑙，異形們瞠目結舌，腳都軟了。

扛著的棺材掉下來，脩子從裡面滾出來。

異形全身顫抖，轉向彰子，用佈滿血絲的眼睛瞪著她。

它們扯去身上的布，齜牙咧嘴，緩緩走向了彰子。

可是彰子沒看見它們，她眼中只有躺在地上，動也不動的脩子。

「公主……！」

纏繞著風躲在黑暗中的東西，抓住了她伸出來的手。

哄笑聲響起，震盪著她的耳朵。

她不由得閉上眼睛，就在這時候颳起了強勁的風。

「放開她的手——！」

傳來一聲怒吼。

帶著神氣的龍捲風，瞬間擊潰了在現場打轉的冰冷、沉重的旋風。被彈飛出去的異形們，發出兇暴的咆哮聲。這時手握白刃的身影，滑入了它們之間。

那身影有著黑曜石般的銳利雙眸，目光炯炯。橫掃黃泉之風與異形時的英姿，也宛

如優雅地跳著舞。
降落在脩子面前的身影是風音，她轉身結起刀印，把劍刺進地面。
「恭請奉迎國之常立神。」
風音的雙眸閃爍著厲光。
「百鬼、破刃！」
從地底下湧出來的衝擊力，瞬間消滅了大群的異形。
爆發的神力，不只傳遍齋宮寮，還擴及周遭附近，封鎖殲滅了灌進來的黃泉之風。

風音收起劍，氣急敗壞地抱起躺在地上動也不動的脩子。
「公主、公主！」
太陰在彰子身旁降落，跪坐下來。
「小姐，有沒有受傷?!」
彰子一臉茫然，沒有回答。
烏鴉那天說的話，在她耳邊迴響。
『妳長期待在陰陽師旁邊，生活在陰陽師家，卻這麼輕忽言靈。』
她的心跳加速。

『不可以太感情用事，要想想自己的話會引來什麼、會招來什麼後果，再把話說出來。』

脩子在旋風中的尖叫聲，也重重刺穿了她的心。

——妳騙我！

她自問。

自己到底做了什麼？

「……——」

太陰瞪大眼睛，接住倒下來的彰子。

「彰子小姐、彰子小姐！妳醒醒啊，彰子小姐！」

明明抓到了她的手。

明明抓到了啊。

她知道她一定會後悔一輩子。

後悔當時不該放開那雙手。

11

過完年，菅生的祕密村落連下了幾天雪，每天都是寒冷刺骨。去年感冒，臥病不起的昌浩，一直高燒不退，睡睡醒醒。頭痛、發燒都很嚴重，更糟的是喉嚨。

他的喉嚨又紅又腫，痛得連水都不能喝。當然，說話也很困難。勉強說話，就會像痼疾發作，咳得很兇。咳個不停，會震動胸口。昌浩覺得，光是咳嗽就把他的體力耗光了。

體力衰弱，熱度就會升高，熱度升高就更難復元。這樣的惡性循環，究竟持續了多少天，昌浩都搞不清楚了。有次從昏睡中醒來，恍惚聽見小怪說：

「從今天起，你十五歲了呢，昌浩。」

他看著感慨萬千地點著頭的小怪，心想這隻白色怪物在說什麼啊？

當時他意識模糊，頭痛得不得了，所以聽到小怪突然冒出那句無厘頭的話，又生氣又煩躁，恨不得一腳把它踹到雪地裡。清醒後，他暗自下定決心，一輩子都不能把這件事說出來。

身體狀況再怎麼不好，那都不是他該有的危險思考。喉嚨咳得太厲害，很難復元，他儘可能小心不要發聲。這樣的日子，過了大概將近七天吧。到陰曆一月中旬，熱度才退到只比平時高一點點。

確定昌浩睡著後，小怪和勾陣走出屋外。

兩人走到離小屋稍遠的汲水處，小怪築起遮斷神氣的保護牆，恢復紅蓮原貌，露出煩躁的表情，脫掉左手臂的護套。

黑斑似的東西，從他的手臂中間擴散到手腕，環繞包覆皮膚表面。

勾陣憂慮地皺起眉頭說：

「是這東西害的？」

小怪、紅蓮的左手，都已經沒辦法動了。

紅蓮鬱悶地說：

「是啊。」

「乾脆把皮削了吧？」

把表皮、真皮，連同下面的肉都削了。這麼做雖然很痛，但總比整隻手不能動好多了。對於勾陣這樣的提議，紅蓮若無其事地說：

「我削了。」

「……」

「連肉都削了，可是這些東西又逃到更裡面。這不是一般黑痣，恐怕是……」

紅蓮眨眨眼睛，沒再往下說，懷疑地看著勾陣。

「喂，妳有沒有在聽啊？」

啞然失言的勾陣，吸口氣，點點頭說：

「有在聽……」

她只是說說而已，想都知道那麼做有多痛，她並不希望紅蓮那麼做。沒想到紅蓮真的做了，害她不知道該怎麼接話。紅蓮用力握住黑斑的地方，黑斑就會蠕動。定睛仔細看，會發現那個黑斑是由無數的小斑點聚集而成的。

「這是蟲子，它們的動作都具有各自的意識。」

勾陣的眼眸閃過厲光。

「是蟲使？」

「應該是，已經完全融合了，要術士才能去除。」

狀況與侵入成親喉嚨深處的疫鬼相同。紅蓮嘆口氣，又戴上護套。變成小怪模樣，跳到勾陣肩上。

「昌浩的喉嚨也有大問題，過了這麼久都不好，太奇怪了。」

來播磨鄉前，曾經在燒炭老翁的小屋附近，與敵人派來的人交戰過。

那時候，昌浩唸咒文唸得很辛苦。他說好像有人不讓他說話，小怪覺得這次的咳嗽跟那次有點像。

陰陽師的法術，大部分要靠言靈，被封鎖會造成很大的打擊。

回想起來，這些蟲子當時的目標很可能是昌浩的喉嚨。

敵人為什麼要封鎖昌浩的喉嚨，殺死他呢？

他們神情嚴峻地回到小屋時，螢正好端湯藥來。她發現神將們散發出暴戾之氣，全身帶刺，於是好奇地問：

「你們兩個怎麼了？」

「在想今後的局勢、對策。」

勾陣板著臉回答。螢盯著她的臉，哦地沉吟幾聲，沒多說什麼，直接打開木拉門。

睡得昏昏沉沉的昌浩，被門的聲音吵醒。

「……啊……」

昌浩想說什麼，螢對他揮揮手，走向木地板間。

「等一下喝哦。」

昌浩點點頭，螢把擺著湯藥竹筒的托盤放在他枕邊，就在昌浩睡的榻榻米旁邊一屁股坐下來了。

怎麼會這樣呢？平時她都放下湯藥就走了。
坐在牆邊老位子的勾陣、小怪，還有昌浩，都訝異地看著她。
螢低頭盯著昌浩，緩緩開口叫了一聲：
「昌浩。」
「嗯？」
昌浩勉強出聲回應。他還有點倦怠，不過比起最嚴重的時候好多了。
神祓眾的直系女孩，詢問體內流著安倍益材與天狐之血的男孩：
「彰子是誰？」
這個始料未及的問題，把昌浩問得目瞪口呆，不由得望向小怪和勾陣。兩人都嘆口氣，默默搖著頭。那麼，她怎麼會知道呢？昌浩的眼神這麼怒吼時，耳朵聽見螢帶著些許笑意的聲音。
「你說了夢話。」
螢點戳昌浩的喉嚨，昌浩覺得很尷尬，沉默不語。
他偷瞄小怪他們，看到他們竊笑著，似乎在對他說原諒你剛才懷疑我們。
他可是一點都笑不出來。
看到昌浩把外褂拉到頭頂，嘴巴唸唸有詞，螢又問了他一次。

「她是誰？」

沒有開玩笑的成分，問得很誠懇。

昌浩只好認命，把頭探出外褂。但還是沒有勇氣看著螢，視線落在天花板的樑木上。彰子是誰呢？是自己的什麼人呢？以前也有人問過同樣的事，昌浩想起那時候的回答。那時候說的是真心話。可是現在被問起同樣的事，即使心意沒變，也不能做同樣的回答。

現在沒那麼容易回答了，必須想得更多。

「她是……很重要的人。」

小怪與勾陣視線交會，悄悄站起來走開，留下他們兩人在屋內。

被約定綁住的兩人，或許該做個了結了。

昌浩和螢都沉默了好一會，什麼也沒說。

外面依然是白雪紛飛，吞噬了所有的聲音。

在靜靜堆積的雪聲中，螢終於開口了。

「你們會結婚嗎？」

昌浩驚愕地張大眼睛。

沒有人可以取代她。

昌浩對她的呵護無微不至，對她的情意椎心刺骨。

為了她，昌浩焦慮不已，飽受折磨。

「……應該不會吧。」

昌浩平靜地回答，嗓音比感冒前低沉幾分。光聽這句話，螢就知道他們之間有難以告人的隱情。昌浩閉上了眼睛。他們身分不同。家世不同。除此之外，還可以找出很多很多的理由，只是臨時想不起來而已。

在身體長高、嗓音變低後，有些事就不得不放手。不過，有失就會有所得。他知道了一生都不會改變的情感。螢說她不要其他人，她只要夕霧陪在她身旁。昌浩也不要其他人。唯獨這份情意，是身分、家世也阻止不了的。

白雪紛飛的聲音，是包容所有一切的平靜音色。他們聽著這樣的聲音，不知道聽了多久。螢終於嘆口氣，抬起頭說：

「我知道了。」

昌浩這才把視線轉向她。

神祓眾的女孩平靜地笑著說：

「我會告訴爺爺我們不能結婚，說服他。」

她對驚訝的昌浩揮揮手，起身走出了小屋。

「藥一定要喝哦。」

她指著湯藥交代昌浩，瞇起眼睛，悄悄關上了門。

昌浩在只剩下自己一人的小屋裡，把嘴巴緊緊抿成了一條線。

啊，她真是個好女孩呢。

昌浩不會考慮跟她結婚，但相信他們一定可以成為好朋友。

在雪中行進的螢，淡淡嘆了一口氣。

「唉……」

她臨時改變方向，穿越竹林，走向沒有住家的地方。

風很冷。不覺中，她走出了祕密村落，來到那天燒毀的水車小屋附近。

河岸也積了雪，燒毀的殘骸被白雪覆蓋。

從那天起，再也沒有人來過了吧？一次又一次的降雪，堆砌成厚厚的陳年積雪，新雪又再往上堆積。

吹起了風。落在堅硬如冰的陳年積雪表面的乾雪，隨風飄起。

形成了銀白色的世界。

她彷彿看到了全白的頭髮在那裡面。

「接下來……我該怎麼做呢……」
從出生以來，她就把生下天狐之血的孩子，當成自己的使命。
現在沒辦法在自己這一代完成了。
從她懂事以來，就陪在她旁邊的獨一無二的人不見了。
她一心想輔助的哥哥也不在了。
那麼，她今後該怎麼做呢？
吹起了風。冰冷的風黏稠地纏住她，沁入體內，把她的心也凍結了。
她在雪中閉上了眼睛。
什麼都沒有了。
空洞得令人悲哀。
「今後……我該怎麼做呢……」
自己期望的事、自己想做的事，真的都沒有了。
其實不是現在才這樣。
從很久以前她就知道了。
因為那天她已經在這裡失去了一切。
「……」

然而，她不能停滯不前。

哥哥死了，但她還活著。

螢張開眼睛，吸口氣，轉過身去。

忽然，她察覺風中有動靜，停下了腳步。

冷颼颼的風中，夾帶著微弱的聲響。

遙遠的某處，有人嘻嘻嗤笑著。

「這是……」

她的心怦怦狂跳起來。

沉重而灼熱的漩渦，席捲她的胸口，四處鑽動，翻攪她的臟腑，再往上衝，堵住她的喉嚨。身體彎曲成く字形的螢，摀住了嘴巴。血腥的鐵鏽味在嘴裡散開，刺鼻的臭味充斥鼻腔。

「唔……！」

她喀喀地悶咳，濺出了鮮血。

冷冽的劇痛像冰矛般貫穿她的胸口。

搖晃傾斜的纖細肢體，癱倒在雪上。刺耳的咳嗽聲響個不停，白雪逐漸被噴出來的鮮血染成了紅色。

在地上癱直的手指、手掌，也都被染成紅色。她呼吸困難，痛苦地喘著氣。

紅色手指。那天也是紅的。被燃燒的火焰照得通紅。

匡瑯落地的小刀、靠近她的那雙手。

也都是紅的。

那時候，她確實摸到了那雙手。

就在她緩緩握起鮮紅的手指時，視野突然變成白茫茫一片。

「……夕……」

她知道她一定會後悔一輩子。

後悔當時不該放開那雙手。

在白雪紛飛中，螢平靜地闔上了眼睛。

後記

這次創刊的文庫，叫「Beans文庫」喔。可是，為什麼取Beans（豆子）呢？

夏天偶然碰到的N村編輯這麼問我，所以我回說：

咦？不就是叫我們勤快地⑪工作嗎？做到粉身碎骨。啊，也就是說，我們作家最後都會變成豆粉！被撒在Beans文庫這個糯米糰上，被讀者吃下去！

——就這樣，我開始了在Beans文庫的工作。

到現在快十年了。

好久不見了，大家近來如何呢？我是結城光流。

在Beans文庫進入十週年之際，少年陰陽師「竹籠眼篇」也出了第四集。少年陰陽師是歷史科幻故事，不過，這次沒出場的那位仁兄的大小事兒，很多是根據史實寫的。當然，也有很多部分不是史實。那位仁兄的願望，最後是否實現了？哪些是史實？哪些不是史實？有興趣的人可以去查查看，應該會很好玩。

老是以同樣手法報導，有點無趣，這次來試試賽馬播報風格。

第一名安倍昌浩。主角遙遙領先，與第二名拉開十四馬身的距離，首先到達終點。

第二名怪物小怪。它大叫我不是怪物——！全力奮戰，還是落後第一名很多。

第三名十二神將火將騰蛇。以一匹馬身之差，屈居第三。

以下依序是六合、天一、勾陣、敏次、太裳、成親、年輕晴明、太陰、玄武、青龍、彰子、風音、章子、岦齋、螢、車之輔、爺爺、朱雀、冥官、比古、嵬。

小怪與紅蓮的激戰持續到最後一刻。上次微幅落後的六合，迎頭趕上，拚到了第四名，與粉絲們充分展現魄力的天一、名次穩定的勾陣、也取得不少男性票的敏次，展開了第四名以下的大混戰。

正式角色陣營的得票，十分穩定。在這樣的局勢中，還能看到「珂神篇」的客串角色比古的名字，可見讀者們的喜好非常廣泛，我真的很開心，謝謝各位。想參加人氣投票的讀者，請在來信中清楚寫上「我投〇〇一票」，這樣就不會漏掉，拜託大家了。對了，在這裡回答一個問題。投票是一封信一票，所以來信時順便投票也沒關係。還有，不接受網路投票，請多多包涵。

夏天已經結束，或許不是聊這種事的時候了，不過，還是順便提一下，我雖然寫這種故事，可是很討厭驚悚故事或怪談，打從心底討厭。

某天，我跟經常聽我這麼說的責任編輯K藤通電話。

K：「我看完這次的稿子後，覺得妳也可以替驚悚文庫寫小說耶。」

光：「我才不要寫驚悚小說呢！我都快嚇死啦！」

K：「咦咦咦……？」

一個不留神，陷入了不得不在半夜校稿的窘境，我一直對自己說：「祓詞有個『祓』字，一定可以祓除所有詭異、恐怖的東西！」一邊播放祝詞的CD邊工作。這個祕密，我只有在這裡說哦。有些情節真的不能在三更半夜校稿……。

對了對了，經常有人問我哪裡有祓詞？神道或祝詞的書裡，應該都有。另外，從秋天開始在神社販賣的年曆，也大多都有刊登。可能也有這次敏次唸的大祓吧？我一直背不起來，好長，真的好長，背完應該可以提升腦力吧……加油啦，結誠。

大家殷切期盼（最好是啦）的，描寫年輕時候的晴明的《大陰陽師：安倍晴明》的新作，從九月上架的《數位野性時代》開始連載，書名是《大陰陽師：安倍晴明——幽暗綻放之花（暫名）》。這本書是電子書，要從電子書上架平台「BOOK☆WALKER」下載購買。我聽說是這樣，詳細內容不太清楚，所以麻煩大家到角川書店或「BOOK☆WALKER」的官網做確認。

另外，下個月會出版《Monster Clan：虛構方舟》。在上一集的最後，奪走一切的

骨頭紳士，值得期待。我秉持初衷，傾注全力於槍砲場面。可是，我也很喜歡日本刀。為了兼顧槍砲戰與刀劍戰，我想再多學點東西，把戰鬥場面描述得更好。我想應該可以再好些吧。

角川Tsubasa文庫出版了少年陰陽師「窮奇篇」全三集。最近，我也在Tsubasa文庫寫了新的作品。《初戀故事》（二〇一一年十一月十五日出版）中的中篇小說〈聽蟬時雨之夏〉，是現代版的少年陰陽師。因為換成了Tsubasa文庫，所以我想大大改變故事氛圍，做不同於Beans文庫的嘗試。主題是初戀，所以寫的是邂逅。除了大家熟悉的面孔外，也有現代版才有的新角色。而且聽說……還有ASAGI老師的全新插畫呢。

又忙這個，又忙那個，真是個充實的秋天呢，敬請期待。

我接到很多讀者來信，告訴我感想。有人說喜歡哪個故事，有人說喜歡哪個角色，每封信都生氣勃勃，樂觀開朗。不過，偶爾也會有人告訴我令人心痛的悄悄話。包括自己的事、家人的事、朋友的事、以前的事、現在的事、將來的事。包括所謂悲傷的事、所謂痛苦的事、所謂難過的事。

這些事無處可宣洩，盤據在心中。我彷彿可以看到這樣的他們、可以聽見他們無聲的聲音，深深刺痛著我的心。我一個字一個字，仔細看著這些信，一心期盼我寫的書，起碼可以成為他們的「微光」。雖然沒辦法一一回信，但我總是由衷地這麼期盼。

下次再見，或許會是在《幽暗綻放之花（暫名）》、或是在《Monster Clan》、或是在Tsubasa文庫、或是在「竹籠眼篇」完結篇的下一本《少年陰陽師》。

總之，後會有期了。

結城光流

小怪的陰陽講座

⑪日文的「勤快」是mamemameshii，而豆子是mame。

國家圖書館出版品預行編目資料

少年陰陽師.叁拾伍,心願之證／結城光流著；涂愫芸譯.-- 初版. -- 臺北市：皇冠, 2014.1
面；公分.--(皇冠叢書; 第4362種)(少年陰陽師; 35)
譯自：少年陰陽師35：願いの証に思い成せ
ISBN 978-957-33-3046-2(平裝)

861.57　　102026488

皇冠叢書第4362種
少年陰陽師 35

少年陰陽師——

心願之證

少年陰陽師35
願いの証に思い成せ

作　者—結城光流
譯　者—涂愫芸
發 行 人—平雲
出版發行—皇冠文化出版有限公司
台北市敦化北路120巷50號
電話◎02-27168888
郵撥帳號◎15261516號
皇冠出版社(香港)有限公司
香港上環文咸東街50號寶恒商業中心
23樓2301-3室
電話◎2529-1778　傳真◎2527-0904
責任主編—盧春旭
責任編輯—蔡維鋼
美術設計—王瓊瑤
著作完成日期—2011年
初版一刷日期—2014年1月

法律顧問—王惠光律師

如有破損或裝訂錯誤，請寄回本社更換
讀者服務傳真專線◎02-27150507
電腦編號◎501035
ISBN◎978-957-33-3046-2
Printed in Taiwan
本書特價◎新台幣199元/港幣67元